애 국 가

Moderato

안 익 태 작곡

1. 동 해 물 과 백 두 산 이 마 르 고 닳 도 록　하 느 님 이
2. 남 산 위 에 저 소 나 무 철 갑 을 두 른 듯　바 람 서 리
3. 가 을 하 늘 공 활 한 데 높 고 구 름 없 이　밝 은 달 은
4. 이 기 상 과 이 맘 으 로 충 성 을 다 하 여　괴 로 우 나

보 우 하 사 우 리 나 라 만 세
불 변 함 은 우 리 기 상 일 세
우 리 가 슴 일 편 단 심 일 세　(후렴) 무 ―궁 화 삼 ―천 리
즐 거 우 나 나 라 사 랑 하 세

화 려 강 ―산 대 한 사 람 대 한 ―으 로 길 이 보 전 하 세

CONTENTS

아름다운 나라꽃 무궁화

rose of sharon rose of sharon rose of sharon rose of sharon

내가 죽거든 무덤을 만들지 말고
과목 밑에다 묻어서 거름이 되게하라

남궁억 선생
일제 강점기에 민족혼을 살리기 위해 무궁화 보급운동에 앞장
서다 옥고를 치루고 혹독한 고문까지 당함.

한서 남궁 억 선생

한서 선생 기도상

한서 기념관

무궁화 자수도 (한서 남궁 억 선생 창안)

제1회 한서 문화제

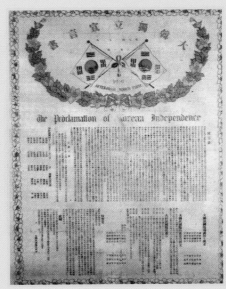

대한독립선언서

무궁화 꽃 관련 행사(홍천군)

무궁화 꽃 관련 행사(홍천군)

아름다운 나라꽃 무궁화

국내 최고령 무궁화

선마을 전경

〈사진 : 시중환〉

꼭 알아야 할 우리의 꽃
무궁화 이야기

무궁화 이야기

이영철 | 홍해근 엮음

발행처 · 도서출판 **청어**
발행인 · 이영철
영　업 · 이동호
기　획 · 강보임 | 김홍순
편　집 · 김영신 | 방세화
디자인 · 오주연
제작부장 · 공병한
인　쇄 · 두리터

등　록 · 1999년 5월 3일(제22-1541호)

1판 1쇄 인쇄 · 2009년 7월　1일
1판 1쇄 발행 · 2009년 7월 10일

주소 · 서울시 서초구 서초동 1588-1 신성빌딩 A동 412호
대표전화 · 586-0477
팩시밀리 · 586-0478

블로그 · http://blog.naver.com/ppi20
E-mail · ppi20@hanmail.net
ISBN · 978-89-93563-35-1 (03810)

꼭 알아야 할 우리의 꽃

무궁화 이야기

무궁화 사랑이 곧 나라 사랑

무궁화 꽃이 피었습니다.
무궁화 꽃이 피었습니다.
무궁화 꽃이 피었습니다.

철부지 시절 해가 설핏 질 무렵이면 동네 꼬마들이 모두 나와 숨바꼭질을 하던 생각이 납니다. "무궁화 꽃이 피었습니다!" 등을 보이고 있다가 말이 끝남과 동시에 뒤돌아보면 친구들은 우스꽝스러운 모습으로 모두가 숨을 죽인 채 꼼짝 않고 있었습니다. 친구들은 술래인 나에게 점점 다가오고, 나는 움직인 친구를 찾아내기 위해 "무궁화 꽃이 피었습니다!"를 빠르게 느리게 때론 길게 늘여하다가 갑자기 짧게 외치기도 했습니다. 문득 무궁화 숨바꼭질 놀이와 철부지 시절의 꼬마 친구들이 그리워지는 것은 왜인지 모르겠습니다.

'민족의 꽃', '겨레의 꽃' 무궁화는 대한민국의 국화國花입니다.

무궁화는 세계에서 유일하게 귀족이 아닌 백성들이 많이 심고 가꾸던 꽃이 우리나라 국화로 선정되었습니다. 돌이켜보면 그동안 나라꽃인 무궁화는 태극기나 애국가에 비해 상대적으로 홍보나 교육적인 측면에서 관심도가 약했던 것은 사실입니다. 대한민국 국민 중에서 무궁화 품종인 배달계, 단심계, 아사달계 중에서 10개 이상의 꽃 이름을 아는 사람이 과연 몇 명이나 될런지요?

혹시 무궁화 꽃말은 아시는지요?

'일편단심'과 '영원히 피고 또 피는 끝이 없는 꽃'이라는 걸….

이 책에서는 가능한 무궁화 꽃에 관련된 모든 것을 다루고자 했습니다.

무궁화의 역사성, 명칭에 얽힌 유래, 무궁화에 관련된 시와 노래를 비롯한 문예작품, 식물학적 위치, 재배 및 분포, 형태적 특성, 심고 가꾸기, 품종의 종류, 연구 현황….

이 한 권의 책은 무궁화에 대한 궁금증을 가지고 있는 독자들에게 좋은 자료적 가치가 있을 것이라 확신합니다. 이제부터라도 나라꽃이면서도 소홀히 취급당했던 무궁화 정신의 고귀함을 선양하고 무궁화의 끈기와 인내, 평화의 정신을 바탕으로 무궁화 꽃 사랑을 지금보다도 많이 하셨으면 하는 바람입니다.

강원도 철원에서

겨레의 꽃, 민족의 상징인 무궁화 꽃

우리는 그동안 태극기나 애국가에 비해 나라꽃인 무궁화에 대한 홍보나 교육은 상대적으로 관심도가 적었다. 이제부터라도 무궁화 정신의 고귀함을 선양하고, 무궁화의 끈기와 인내, 평화의 정신을 바탕으로 겨레의 대동단결과 정신문화를 재창조하는 사명의식을 가져야 할 것이다.

무궁화는 대한민국의 국화國花이다. 세계 각 나라마다 국화가 있는데, 국화는 그 나라를 대표하는 상징성을 가지고 있다. 튤립은 네덜란드의 국화로 튤립을 보게 되면 풍차와 더불어 자연스럽게 네덜란드를 떠올리게 되고, 한꺼번에 피었다가 한꺼번에 지는 벚꽃을 보면 일본을 떠올리게 된다. 또한 부처와도 연관이 깊은 연꽃은 스리랑카의 국화로 국화인 연꽃만으로도 불교 국가임을 알 수가 있다. 스위스의 에델바이스는 산이 높고 청정한 이미지를 주는 국화로 딱 어울린다.

무궁화가 우리 민족과 연관되어 나타난 역사적인 배경은 고조선까지 거슬러 올라가 반만년의 역사를 지니고 있다. 우리나라의 상고시대를 재조명하고 있는 〈단기고사〉에는 무궁화를 가리켜 근수라고 하고, 〈환단고기〉에서는 환화 또는 천지화로 표현하고 있다. 또 조선시대의 〈규원사화〉에는 훈화로 표현하고 있다. 이러한 문헌으로 볼 때, 무궁화는 단군시대부터 이 땅에 자생하고 있었음을 간접적으로 알 수 있다. 우리나라 책에서 뿐만이 아니고, 고대 중국의 지리서인 〈산해경〉과 〈고금주〉 등에도 한반도에는 무궁화가 많이 자라고 있다고 기록되어 있다.

14

프랑스, 영국, 중국 등 세계 각국의 국화를 보면 황실이나 귀족의 상징이 전체 국민의 꽃國花으로 만들어졌지만, 무궁화만은 유일하게 평민인 백성들이 많이 심고 가꾸던 꽃이 국화로 선정되었다. 따라서 우리 민족과 무궁화는 상당히 친밀한 관계에 놓여 있는 꽃 중에 하나였다. 애국가에 '무궁화 삼천리 화려강산' 이란 내용이 담길 정도였으니 말이다.

특히 무궁화가 우리 민족의 꽃임이 확연하게 드러난 것은 일제 강점기 때였다. 일본인들은 겨레와 더불어 애환을 같이하며 겨레의 얼로 민족정신을 상징하는 꽃으로 부각되자, 무궁화를 없애기 위해 온갖 못된 짓을 저질렀다. 그런 와중에 무궁화 보급 운동에 앞장섰던 한서 남궁 억 선생은 잔혹한 고문과 함께 옥고를 치루기도 했다. 이처럼 무궁화는 겨레와 더불어 숱한 애환을 겪으며 민족에게 꿈과 희망을 주었으며 자연스럽게 '민족의 꽃', '겨레의 꽃'으로 자리 잡게 되었다.

이 작은 한 권의 책이 겨레의 꽃인 무궁화 사랑운동에 불씨가 되길 바라며, 책이 나오기까지 물심양면으로 도움을 주신 무궁화 관련 단체들의 관계자 분들에게 다시 한 번 감사를 드린다.

서초동 작업실에서

李永喆

rose of sharon · rose of sharon · rose of sharon

1

무궁화 꽃의 고찰

무궁화는 우리 민족의 개국과 더불어 상징화처럼 되어오다가 구한말 일제의 간악한 탄압 속에서 꽃을 피우기 시작해, 1940년 국가인 애국가와 함께 임시정부의 공인을 거쳐 1948년에는 정통성을 이어 받은 대한민국 정부수립과 동시에 정식으로 나라꽃이 되었다고 보아야 할 것이다.

rose of sharon · **rose of sharon** · rose of sharon

학명과 원산지

무궁화는 쌍떡잎식물 아욱목 아욱과의 낙엽관목으로 학명學名은 Hibiscus syriacus이다. 여기서 Hibiscus라는 속명屬名의 어원은 Hibis(고대 이집트의 아름다운 신)과 그리스어 isco(유사하다)의 합성어에서 유래된 것이다. 즉 '히비스 신처럼 아름답다'는 뜻으로 풀이되며, 종명種名인 syriacus는 시리아가 원산지라는 뜻으로 해석할 수 있다. 그러나 시리아가 정말 원산지냐는 것에 대해서는 다른 의견을 내세우는 학자들이 많고, 인도나 중국이 원산지라고 주장하는 학자도 있다.

무궁화를 영명英名으로는 rose of sharon이라고 하는데 sha-ron은 성경에 나오는 '성스러운 땅'으로 무궁화를 '신에게 바치고 싶은 꽃' 또는 '성스러운 땅에서 피어나는 꽃'으로 가나안 복지 중에서 제일 좋은 곳 샤론에 피는 장미라고 하여 무궁화의 아름다움을 크게 찬미한 것이다.

한국이 무궁화의 원산지냐 아니냐는 문제는 분명하지 않다. 지금으로서는 정확한 것은 알 수 없지만 아주 오래 전부터 무궁화가 한국에서 자라고 있었던 것만큼은 여러 문헌을 통해서 확인되고 있다. 무궁화는 지금도 전남 완도 및 구례 지방에서는 '무우게'라고 부르고 있으며, 전북 임피 지방에서는 '무게', '무강'이라고 부르는 곳이 있는데 이를 무궁화라는 우리말의 뿌리로 보는 견해가 있다.

시대별 무궁화의 명칭

무궁화가 역사적으로 기록되어 온 한자명을 살펴보면, 신시시대神市時代에는 '환인의 나라꽃', 신을 상징하는 '신의 꽃'으로 상징되는 '환화桓花'라 했다. 이는 '나라꽃 = 하늘 꽃'이고 '나라 = 하늘'이란 뜻이었다. 단군조선과 삼국시대에는 '훈화薰花', '천지화天指花', '근수槿樹'라 하였다. 이처럼 무궁화는 우리 민족과 떼려야 뗄 수 없는 역사성을 가지고 있다.

고려시대의 대표적인 문인 이규보(1168~1241)의 시에 무궁無窮

또는 무궁無宮으로 기록되어 있는데 이는 중국 문헌 어디에서도 찾아 볼 수 없는 우리나라 고유의 '무궁화' 라는 명칭이 최초로 나타난 기록이다.

이조시대에는 중종 12년(1517)에 최세진이 편찬한 『사성통해四 聲通解』 상권에 한글로 '무궁화' 라는 말이 나오는데 기록상으로 는 최초의 것으로 보고되고 있다.

무궁화가 중국에서는 목근木槿, 순영舜英, 순화舜華, 훈화초薰花 草, 친漱, 일급日及, 조개모낙화朝開暮落花, 화노옥증花奴玉蒸, 번리초 藩籬草 등 여러 가지로 쓰였고, 무궁화로는 쓰여지지 않았다. 한 국에서는 무궁화를 한자로 無窮花·無宮花·舞宮花로 쓰였는 데, 최근에는 無窮花로만 쓰고 있다.

무궁화라는 한글명은 16세기부터 나타나는데 한자로는 목근 화木槿花로 표기하고 있었다. 이로써 볼 때, 목근화 → 무긴화 → 무깅화 → 무궁화의 형태로 변했으며 여기에 뜻이 좋은 무궁화 無窮花로 차음借音하여 표기하였음을 알 수 있다.

예전의 노인들이 무궁화를 '무우게' 로 부른다고 하여 '무궁 화' 라는 꽃 이름은 '무우게' 에서 변한 것이라고 주장하기도 한 다. 이런 사실을 보면 무궁화는 오래 전부터 한국 고유의 다른 이름이 있었음을 알 수 있다.

일본에서는 무쿠게牟久計 · 모쿠게아사가오牟久計朝顔 · 하치스 · 기
하치스 등으로 쓰고 있는데 '무쿠게'는 한국에서 일본으로 무궁
화가 도입될 때에 전해진 이름이다. '무쿠게'라는 한자가 오직
음만을 표시하고 별로 뜻이 없는 것으로 보아서 더욱 그렇게 믿
어진다.

가장 오래된 무궁화 기록

　　무궁화에 관한 가장 오래된 기록으로는 동진東晉의 문인
곽복郭璞(276~324)이 쓴 지리서地理書 『산해경山海經』에 '군자의 나
라에 무궁화가 많은데 아침에 피고 저녁에 지더라君子之國有薰華草
朝生暮死'와 중국의 고전인 『고금기古今記』에 '군자의 나라에는 지
방이 천리인데 무궁화가 많이 피었더라君子之國地方千里 多木槿花'가
있다. 위의 기록으로 보아도 4세기 중엽 한국에는 방방곡곡에
무궁화가 만발했던 것을 알 수 있다. 이상으로 볼 때 무궁화가
한국 자생인 것이 아닌가 한다.

최치원이 당나라에 보낸 국서에서도 신라를 근화향槿花鄕, 즉 무궁화 나라라 하였고, 『구당서』에도 같은 기록이 있다. 강희안의 『양화소록』에도 중국에서 한국을 근역槿域이라고 기록하고 있다. 고려 예종睿宗 역시도 고려를 근화향이라고 하였다.

무궁화가 국화로 되기까지

갑오경장(1984) 이후 조국의 자주독립을 열망하던 시점에서 왕조의 꽃이 아닌 평민의 꽃, 민중의 꽃인 무궁화가 민족의 꽃으로 부각되었다. 이때문에 일제 강점기에는 무궁화말살정책까지 추진되었는데, 민족의 꽃이라는 이유만으로 특정 식물이 수난을 겪은 것은 세계 역사상에도 유래가 없는 일이었다. 이처럼 무궁화는 우리 민족과 영욕의 세월을 같이하며 이 땅에 뿌리를 내렸다.

나라마다 나라 꽃에는 그 나라만의 독특한 역사성과 의미나 상징성이 있다.
예를 들면,

스코틀랜드의 나라꽃은 엉겅퀴인데..
덴마크와의 큰 전쟁당시

한밤중에 스코틀랜드를 몰래 습격하던 덴마크 병사들이

앗!
따가워.

지천에 깔려 있던 엉겅퀴의 날카로운 가시에 찔려 비명을 지르는 바람에 발각 되었다고 한다.

적군이다!

만약에 엉겅퀴에 찔리지 않았다면 어쩌면 오늘날의 스코틀랜드는 없었을지도 모르는 위기에 순간이었다.

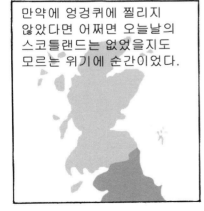

이후 엉겅퀴는 적에 기습을 막아 나라를 구한 꽃이라 귀하게 여겨 나라꽃으로까지 지정을 받게 되었다.

〈엉겅퀴가 스코틀랜드 나라꽃이 된 유래〉

1946년 최남선은 『조선상식문답』에서 무궁화에 대해, "미상 불 조선에는 어디를 가든지 무궁화가 흔히 있으니 무궁화 나라 라고 함이 까닭 없달 수 없으며, 또 무궁화는 꽃으로 가장 좋은 것이 아닐지는 모르지마는 그 발그레한 고운 빛이 미인의 얼굴 을 형용하는데 쓰이는 터이며, 또 날마다 새 꽃이 피어가면서 봄, 여름, 가을을 지내는 긴 동안에 줄기차고 씩씩하게 피기를 말지 아니하는 점이 왕성한 생명력을 나타내는 듯하여서, 나라 를 대표하는 꽃을 삼기에 부족할 것이 없다 할 만합니다." 라고 말했다.

　　일제 때 『조선총독부 고등경찰 사전』에는 이렇게 쓰여 있다.
　　"무궁화는 조선의 대표적인 꽃으로서 2천여 년 전 중국에서 도 인정한 문헌들이 있다. 고려시대에는 전 국민으로부터 열광 적인 사랑을 받았으며 문학상, 의학상에 진중한 대우를 받았는 데, 일본의 사쿠라, 영국의 장미와 같이 국화로 되어 있다가, 이 조에 들어와 이화李花로 정하매 무궁화는 점차 세력을 잃고 조선 민족으로부터 소원해졌던 것인데 20세기 신문명이 조선에 들 어오매 유지들은 민족사상의 고취, 국민정신의 통일 진작을 위 하여 글과 말로 천자만홍千紫萬紅의 모든 꽃은 화무십일홍花無十日 紅으로 그 수명이 잠깐이지만, 무궁화만은 여름에서 가을에 거 쳐 3-4개월을 연속으로 필 뿐 아니라 그 고결함은 위인의 풍모

28

라고 찬미하고 있는 것이다. 따라서 '무궁화강산' 운운하는 것은 자존自尊된 조선의 별칭인데 기미운동(3·1운동) 이래 일반에게 널리 호용되었으며, 주로 불온의 뜻이 들어 있는 것이다. 근화, 무궁화, 근역 등은 모두 불온의 문구로 쓰고 있는 것이다."

1935년 4월 21일자 동아일보에는 세계 여러 나라 국화를 소개하면서, '…우리 조선의 대표적인 꽃은 여러분도 아시다시피 무궁화입니다. 그래서 우리 조선을 무궁화꽃동산이라고 하여 근역槿域이라고 부릅니다.' 라는 기사를 실었다.

또한 구한말 한국에서 20년을 살다 간 영국인 신부 리처드 러트는 프랑스, 영국, 중국 등 세계의 모든 나라꽃이 그들의 황실이나 귀족의 상징이 전체 국민의 꽃으로 만들어졌으나, 한국의 무궁화만은 유일하게도 황실의 이화李花가 아닌 민중의 꽃 무궁화가 국화로 정해졌고, 무궁화는 평민의 꽃이며 민주 전통의 부분이라고 극찬하였다.

1974년에 발행한 이홍직의 『국사대사전』에는 '무궁화는 구한국시대부터 우리나라 국화로 되었는데 국가나 일개인이 전한 것이 아니라 국민 대다수에 의하여 자연발생적으로 그렇게 된 것이다. 우리나라를 예로부터 근역 또는 무궁화 삼천리라 한 것으로 보아 선인들도 무궁화를 몹시 사랑하였음을 짐작할 수 있다. 본래 이 꽃은 겨울을 제외한 어느 때 어디서도 피는 수줍고, 결백하고, 번식력이 강한 꽃으로 우리나라의 길이 뻗어남과 자손의 창성함을 잘 드러내고 있는 꽃이다.' 라고 기록하고 있다.

이처럼 무궁화는 우리 민족의 개국과 더불어 상징화처럼 되어오다가 구한말 일제의 간악한 탄압 속에서 꽃을 피우기 시작해, 1940년 국가인 애국가와 함께 임시정부의 공인을 거쳐 1948년에는 정통성을 이어 받은 대한민국 정부수립과 동시에 정식으로 나라꽃이 되었다고 보아야 할 것이다.

2

국가의 상징 무궁화 꽃

무궁화도 태극기도 마찬가지이다. 관념속에만 머무는 나라꽃과 태극
기가 아니라 우리 생활 주변, 역사의 숨결과 혼이 머무는 곳에서 친
근하게 대할 수 있는 것들로 피어났을 때야말로 진정한 나라꽃과 태
극기가 될 것이고, 그것들을 사랑하는 또 다른 방법이라 생각한다.

rose of sharon · **rose of sharon** · rose of sharon

국기·국가·국화의 의미

세계 각 나라는 국가의 표상으로 국기, 국가와 더불어 국화를 가지고 있다. 의식주 해결조차도 급급하던 때에는 국가를 나타내는 표상물들이 그다지 중요하게 여기지 않고 개념조차도 없었지만, 부족이 형성되고 집단화가 거대해지고 국민과 국토의 개념이 정립될수록 자연스럽게 그 국가의 상징적 표상물의 필요성을 느끼게 되었다. 이러한 과정에서 생겨난 것이 국기와 국가와 국화였다. 특히 근대 국가에서는 역사와 문화, 민족의 융화, 단결과 특성을 나타내는 상징물로 위의 세 가지를 공통적으로 택했다.

국기와 국가와 더불어 나라꽃은 그 나라를 상징하므로 대부분의 나라에서는 자기 나라의 고유한 식물이나 꽃으로 정했다. 국가는 정치, 경제, 사회, 문화, 종교 등을 통한 집단생활을 하면서 국민 또는 다른 나라에게 강한 메시지를 전달하고 상기시키기 위해서 구체적인 상징물이 필요했던 것이다.

예를 들면 비둘기는 평화의 상징이고, 십자가는 기독교와 천주교를 상징하는 것이 그 대표적인 사례이다. 이러한 상징물은 그냥 만들어지는 것이 아니라 오랜 시간을 거치면서 역사성과 그 집단의 전통과 문화의 영향을 받아 공감대를 얻은 것이다. 이러한 상징물은 구성원들 간에 공통의 반응을 불러일으키며 구성원들을 일사분란하게 통합하는 역할을 했다. 따라서 나라꽃 역시 나라마다 다르지만 나름대로 국화로 지정된 상징성과 의미가 있었다.

이러한 과정을 거쳐 선정되고, 그 나라를 상징하는 꽃으로 자리매김한 국화는 국민들에게 어느 꽃보다 사랑받아 왔다. 각 나라마다 특정한 꽃이나 식물을 국화로 지정한 것에 대한 기원은 정확히 알 수 없지만 대체로 19세기 중엽 무렵부터라는 주장이 지배적이다. 국화를 지정한 대부분의 국가는 왕실의 문장文章이나 훈장 또는 화폐 등에 널리 쓰였던 꽃을 자연스럽게 국화로 지정했다.

한 나라를 상징하는 것으로는 놀이, 노래, 음식, 의상, 예절 등도 있다. 하지만 이러한 것들은 단지 그 나라의 고유문화에 속할 뿐이지 국가와 국가 간에 있어서는 국가 상징물로 내세우지는 않는다.

한 나라의 상징물인 국기와 국가와 국화가 주는 의미를 엄밀히 따지면 조금씩 다르다. 국기가 국가적이며 집단적 통일의 상징이라면, 국가는 국민의 정서적이고 감성적인 면에 직접적으로 와 닿는 측면이 크다. 국제사회의 의례에서는 국기가 올라가고 국가가 연주된다.

예를 들어 국제경기에 승리했을 때 자기 나라의 국기가 올라가고 국가가 연주된다면 그 경기를 지켜보았던 국민들은 모두가 한 마음이 되어 가슴 벅찬 희열과 더불어 숙연함을 느끼게 된다. 그만큼 국기와 국가에는 국민의 무궁한 번영과 자유를 기원하는 뜻이 담겨있는 것이다. 또한 외국 여행길에 올랐다가 낯선 곳에서 활짝 피어있는 무궁화를 보면 자신도 모르게 가슴이 먹먹해져 오는 감동을 맛 볼 수 있을 것이다. 단지 많은 꽃 중에 하나인 무궁화 꽃일 뿐인데 왜 그런 울컥하는 감정이 솟아나는 것일까. 그 이유는 간단하다. 무궁화는 우리 겨레와 더불어 애환을 같이해 온 국화이기 때문인 것이다.

국기와 애국가도 마찬가지이다. 국기 나 애국가를 다른 나라 사람들이 보거나 들으면 아무런 감흥이 일지 않을 것이다. 하지

만 우리나라 사람들에게는 국기나 애국가에 우리의 얼이 담겨있
기 때문에 보고 들으면서 그토록 감동을 받는 것이다. 국가 간의
경쟁이 있을 때, 고국에서 멀리 떠나있을 때 우리나라의 국기를

〈나라문장〉   〈대통령표장〉

〈대한민국 국새〉

〈정부표지〉   〈국새 인영〉

보고 애국가를 들으면서 느끼던 그 반가움, 기쁨, 환호성을 지르고 싶은 충동. 그것은 바로 당신이 배달민족 한겨레이기 때문인 것이다.

특히 우리나라의 국화인 무궁화는 국가의 모든 상징물에 관련되어 있다. 애국가 가사에는 '무궁화 삼천리 화려강산' 이란 구절이 들어가 있고, 태극기에서는 깃봉을 무궁화 꽃봉오리로 하였고, 나라문장國章은 무궁화 꽃의 중심부에 태극문양을 넣었으며, 국새國璽 손잡이에는 봉황 한 쌍이 무궁화 꽃잎을 물고 있는 형상을 조각해 놓았다.

1936년 안익태에 의해 작곡되어, 1948년 8월 15일 정부수립과 동시에 국가로 사용된 애국가 후렴에 반복되는 '무궁화 삼천리 화려강산…' 에서도 알 수 있듯이 무궁화가 우리 민족에게 있어 얼마나 중요한 역할을 해왔는지를 짐작케 한다.

안익태에 의해 작곡된 애국가 역시도 그냥 나온 작곡된 것이 아니라 구한말부터 계몽단체나 학생들이 주로 불렀던 '무궁화가', '애국충성가' 가 모체가 되었다. 이처럼 국가의 상징물들은 하나하나 따지고 보면 우리 겨레의 애환의 발자취와 관련이 있는 것들이다.

어사화와 무궁화

어사화御賜花란 조선시대에 과거의 문무과에 급제한 사람에게 임금이 내려주던 종이로 만든 무궁화 꽃이었다. 급제한 사람들은 가느다란 두 개의 참대에 푸른 종이로 감고 군데군데 다홍색, 보라색, 노란색의 세 가지 색깔의 무궁화 꽃송이를 끼운 약 90cm 정도 되는 참대 한끝을 복두의 뒤에 꽂고, 길이 10cm 정도의 붉은 명주실을 잡아 맨 다른 한끝을 머리 위에 휘어 넘겨서 실을 입에 물게 했다.

　임금이 베푸는 잔치인 진찬進饌 때 임금이 내린 꽃을 신하들이
사모紗帽에 꽂고 돌아가는 풍속이 있는데, 이것도 어사화라고 하
며 창화帽花, 사화賜花라고도 한다.

　어사화는 과거제도와 관련하여 매우 오래된 전통으로 보이
나, 이 중 유가하는 것에 대해서는 그 과정에서 지나치게 술을
많이 들어 풍속을 문란하게 하는 폐단이 있다고 하여 중단이 건
의된 일도 있었다.

진찬화와 무궁화

궁중에서 잔치가 있을 때에 신하들이 사모에 꽂던 무궁화 꽃을 진찬화進饌花라 한다. 진찬이란 말 그대로 '임금에게 좋은 음식을 바치는 잔치'를 뜻하는데, 이때에 신하들이 사모에 무궁화 꽃을 꽂는 것은 임금과 백성이 모두 무궁하게 번영하고 강인하게 발전하기를 기원하는 뜻이었다.

진찬화는 엄격히 말하면 어사화의 일종이다. 사모에 무궁화를 꽂았던 것은 위로는 임금의 만수무강을 빌고 아래로는 만백

성의 나라 사랑과 임금에 대한 변함없는 충성을 다짐하며 불의
와 타협하지 않는 충직을 임금에게 맹세하는 신하들의 마음의
표현이 아니었나 싶다.

얼마나 소중하고 훌륭하게 생각했으면 국가에서 가장 중요한
행사 때마다 이 무궁화를 사용했을 것인가! 오늘의 우리에게 주
는 의미가 더욱 크다 하겠다.

무궁화의 상징성

무궁화에 대한 기록을 살펴보면, 조상들은 상고시대부터 무궁화를 생활환경 주변에 심고 가꾸어 왔지만, 조선시대의 왕실문장이 이화李花인 까닭에 조선시대의 휘장에서는 무궁화를 찾기란 극히 어렵다. 무궁화가 우리나라의 국화가 된 구한말에 이르러서야 비로소 조선소년군(현 보이스카우트)이 목에 두른 항건이나 월진회의 깃발 등에 도안하여 활발하게 사용하

〈조선소년군 항건〉

42

기 시작하였다.

휘장徽章은 신분이나 직무
또는 명예를 나타내기 위하여
옷이나 모자에 붙이는 표장을
일컫는데 국가, 단체 등을 상
징하는 징표로 사용된다. 이
중 가문이나 단체의 계보, 권
위 등을 상징하는 장식적인

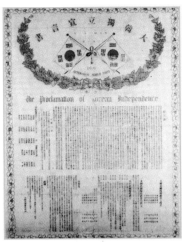

〈대한독립선언서〉

마크를 문장이라고 한다. 여기서는 우리나라를 상징하는 휘장
으로 나라 문장과 대통령의 표장, 삼부의 표시로서 무궁화를
사용하는 상징물들이 있다.

1967년 1월 31일. 대통령 공고 제7호로 '대통령표장에 관한
건'이 발표되어, 대통령표장을 대통령기와 대통령휘장으로 구
분하였고, 대통령기와 휘장은 같은 도안으로 했다. 대통령의 표
장에 새겨진 봉황鳳凰은 고대 중국에 나오는 전설적인 새로, 성
인聖人과 함께 세상에 나타나는 새로 알려져 있다.

이 전설적인 새 봉황은 수컷을 봉鳳, 암컷을 황凰이라고 불렀
다. 봉황은 5색의 깃털을 지니고 5음에 맞는 소리를 내며 예천醴
泉(나라가 태평성대를 이룰 때에만 단물이 나온다는 신비한 샘)을 마신다

고 했다. 우리나라 조상들은 이 새를 상서로운 새라하여 성군聖
君에 태평성세를 상징하는 것으로 믿어 왔다. 이후 비록 전설 속
에나 등장하는 새이지만 상서로움을 바라는 기원으로 국가원수
인 대통령의 표장으로 삼았다. 그런 봉황의 한가운데에 무궁화
가 위치하고 있다. 그만큼 무궁화는 나라꽃으로서 대접을 받고
있다고 봐도 과언이 아니다.

  문교부는 정부가 국가의 체제를 정비하던 시기인 1949년 10
월 15일, 무궁화가 우리 겨레와 애환을 같이해 오고 겨레의 표
상임을 뒷받침하기 위하여 대통령의 휘장 및 삼부의 표식을 무
궁화로 도안할 것을 정하였다. 이에 발맞추어 사법부에서는 법
원을 상징하는 법원기에 관한 사항을 법원 내규로 정하였다.(법
원내규 제44호, 1969. 11. 13) 기면 중앙에 두루마리 용지를 무궁화
형태로 표지標識하고 무궁화 속에 펼쳐진 책의 안쪽에 '법원' 자
를 새겨 사법부의 위상을 나타냈다. 또한 입법부에서는 국회를
상징하는 국회기와 국회배지 중앙에 있는 무궁화 속에 國자를
새겨 국회의원과 국회공무원이 패용하고 있다.
  우리나라 훈장제도의 역사는 1900년(광무4년) 4월 19일 훈장 조
례를 공포함으로써 최초로 시행되었다. 당시 훈장의 종류는 금
척대훈장, 서성대훈장, 이화대훈장, 태극장, 팔괘장, 자응장, 서
봉장으로 7종류였는데 이 당시에는 무궁화를 찾을 수가 없었다.

일제 강점기에는 일본의 훈장 제도를 따르다가 대한민국 정부가 수립되면서야 비로소 대통령령으로 공포하여 시행하게 된다.

훈장에 무궁화가 처음으로 사용되기 시작한 것은 대한민국 정부 수립 직후에 있었던 무궁화대훈장령에서였다. 무궁화대훈장은 각종 훈장령의 통합으로 1964년 3월 24일 개별 훈장령은 폐지되었으나, 이후에도 현재까지 대한민국 최고 훈장으로서 우방의 대통령이나 원수에게 수여하고 있다.

이 외에도 훈장은 대부분 무궁화 도안으로 장식되어 있으며, 훈장 수여와 동시에 대통령으로부터 전달되는 임용장 한가운데에도 커다란 무궁화가 새겨져 있다.

상징물에 나타난 나라꽃 무궁화는 위에서처럼 국가의 휘장, 훈장 등에서만 접하는 것은 아니다. 조금만 눈여겨보면 우리 주변 어디에서나 쉽게 접할 수 있다. 무궁화가 우리 글은 물론이려니와 태극기를 함부로 사용하거나 지니지 못하던 일제 강점기에 독립지사 등에 의해 민족정신과 얼을 상징하는 꽃으로 인식되었기 때문에 자칫하면 친근감을 느끼기보다는 관념적으로 대할 가능성이 높다. 무궁화를 사랑하는 방법론에 있어서 이 같은 태도는 매우 위험한 발상이다.

생각해 보면, 얼마 전까지 태극기는 매우 소중하고 존엄한 존재여서 함부로 대하지 못하는 것들 중에 하나였다. 따라서 태극

2002년 월드컵 4강 신화를 기점으로 태극기는 우리에게 친숙한 모습으로 다가왔다. 태극기로 두건을 만들어 머리에 쓰고, 목에 망토처럼 두르고, 티셔츠와 치마로 만들어 입고, 작은 태극기를 이어 붙여 두루마기 누비옷을 만들어 입고 다니고 사람들은 태극기와 태극기 문양을 여러가지에 응용했다. 발전되고 좋은 현상이라고 본다.

무궁화도 태극기도 마찬가지이다.
관념속에서만 머무는 나라꽃과 태극기가
아니라 우리 생활주변, 역사의 숨결과 혼이 머무는 곳에서 친근하게
대할 수 있는 것들로 피어났을 때야말로 진정한 나라꽃과 태극기가
될 것이고, 그것들을 사랑하는 또 다른 방법이라 생각한다.

기 문양을 가지고 태극기 외적인 것을 생각한다는 것은 금기시 되던 때도 있었다. 한 예로 비가 오는데 관공서에 태극기가 걸려있다면 그 관공서 장은 비난을 면치 못했다. 미국이 비에 젖지 않는 특수 성조기를 제작해 비가 오나 눈이 오나 밤이나 낮이나 계양했던 것과 비교하면 쉽게 이해가 될 것이다. 또한 미국의 성조기 문양은 컵, 음식접시 등 생활용품은 물론 심지어는 팬티에까지도 사용되었다. 그들은 그만큼 국기를 관념적인 것이 아니라 생활 속에 깊게 뿌리내렸던 것이다. 하지만 미국 사람들만큼 나라를 사랑하는 마음이 깊은 사람들도 드물 것이다. 개인적인 생각이지만, 주요 관공서에는 태극기를 비나 눈에 젖지 않게 특수 제작해 비가 오나 눈이 오나 밤이나 낮이나 계양했으면 한다. 진취적인 한국인의 모습을 보는 것 같아 보기 좋지 않을까 한다.

2002년 월드컵 4강 신화를 기점으로 태극기는 우리에게 친숙한 모습으로 다가왔다. 태극기로 두건을 만들어 머리에 쓰고, 목에 망토처럼 두르고, 티셔츠와 치마로 만들어 입고, 작은 태극기를 이어 붙여 두루마기 누비옷을 만들어 입고 다니고… 사람들은 태극기와 태극기 문양을 여러 가지에 응용했다. 발전되고 좋은 현상이라고 본다.

무궁화도 태극기와 마찬가지이다. 관념속에만 머무는 나라꽃과 태극기가 아니라 우리 생활 주변, 역사의 숨결과 혼이 머무는 곳에서 친근하게 대할 수 있는 것들로 피어났을 때야말로 진정한 나라꽃과 태극기가 될 것이고, 그것들을 사랑하는 또 다른 방법이라 생각한다.

화폐 속의 무궁화

세계 여러 나라도 마찬가지였지만, 고대에는 우리나라 역시 화폐라는 개념조차 없었다. 그 당시는 자급자족하는 농업을 기본 경제로 하였기 때문에 의식주를 해결할 수 있는 일상생활용품이 교역의 대상이었다. 시대가 바뀌고 상업이 발달함에 따라 화폐의 필요성이 생겨나게 되어, 고려 성종 15년(996)에 우리나라 최초의 화폐인 건원중보乾元重寶라는 철전鐵錢이 주조되었다. 이후 공양왕 3년(1391)에 이르러서야 우리나라 최초의 지폐인 저화楮貨가 발행되었다.

우리나라 근대 화폐라고 볼 수 있는 것은 1882년(고종 19년)에 주조·발행된 대동은전大東銀錢이었다. 대동은전을 근대 화폐로 보는 것은, 주조화라는 점에서는 근대 이전의 화폐와 거의 비슷했지만, 모양이 둥근형에 네모 구멍이 뚫려 있는 엽전형을 벗어난 근대 화폐에 접근했기 때문이다.

이러한 화폐의 변천사 측면에서 살펴보면, 화폐에 무궁화가 등장하게 된 것은 한참 후의 일이다. 화폐에 도안된 무궁화를 고찰함에 있어 주화, 지폐, 기념화의 순으로 살펴보기로 하자.

주화

우리나라 근대 주화에 그림이 도안된 것은 1885년 을유 시주화乙酉 試鑄貨, 일냥화一兩貨에서 배꽃과 도라지, 오얏 휘장이었다.

우리나라 화폐에 최초로 무궁화 문양(가지:枝)이 나타난 것은 1892년 고종 29년) 인천 전환국에서 제조한 오 냥 은화였다. 이 은화는 당시 세계 각국의 무역 결재용으로 사용하던 크라운 (Crown)화의 규격을 채택하여 제조한 대표적인 대형 은화이다. 도안 중앙 상부에 이전의 일 환 은화나 10문十文 또는 5문五文 동화銅貨에 나타났던 태극장章 자리에 왕실의 휘장인 이화장이 들어갔고, 우측은 원래대로 오얏나무 가지枝이나 좌측에는 무궁화 가지가 들어갔다. 이 주화에 나타난 무궁화는 활짝 피고 정밀하게 주조된 꽃은 아니지만 무궁화가 화폐에 들어간 최초의 도안이었다는데 의의가 있다. 이 오 냥 은화와 같은 무궁화 도안이 들어간 주화는 1895년 오 푼 동화, 1905년 반 환 은화, 오 전 동화, 반 전 동화로 계속해서 제조되었다.

우리나라 최초로 무궁화 꽃이 들어간 화폐는 1959년 제조된 십 환 동화였다. 이후 1966년과 1983년에 제조된 일 원 주화에 이르러서야 활짝 핀 무궁화 한 송이가 화폐에 새겨지게 되었다.

주화에 비해 지폐에 무궁화가 도안된 것은 주화인 오 냥 은화가 1892년에 제조된 것에 비하면 반세기나 뒤떨어져서였다.

조선시대는 왕가의 휘장이 이화李花였던 점도 있지만, 화폐는 다른 인쇄물에 비해 정밀한 인쇄를 요구했기 때문에 당초문양唐草文樣을 즐겨 쓰던 당시에는 태극과 이화가 주를 이루었고, 무궁화는 화폐의 도안으로 사용되지 못하였다. 아이러니컬하게도 무궁화 도안이 그려진 최초의 지폐는 1932년 일본 내각 인쇄국에서 발행한 십 원권이었다. 민족의 얼을 상징하는 무궁화가 일제 강점기였던 당시에 어떻게 널리 사용되는 화폐에 도안될 수 있었는지 알 수 없지만 '십 원拾圓' 문자를 기준으로 중앙에 무궁화가 도안되어 있다.

이후 해방 후 발행된 지폐에는 무궁화가 선명하게 그려졌다. 특이한 것은 6·25 한국전쟁 때 북측에서 불법으로 발행한 천 원 권 지폐에도 상단·하단·우측 세 곳에 무궁화가 한 송이씩 그려져 있다는 점이다. 북쪽도 무궁화를 소중하게 생각하지 않았나 싶다.

1962년 이후 발행된 지폐에는 대부분 무궁화 도안이 들어갔다. 1962년 영국에서 인쇄해 온 5종의 화폐에도 태극문양과 무궁화를 의장화한 마크가 그려져 있고, 1973년 발행한 만 원권과 1975년 발행한 천 원권 지폐에는 거의 실물에 가깝도록 정밀하게 그려진 무궁화가 들어있다.

    국가적·국민적 차원에서 중요한 일을 기념함과 동시에 내외
에 알리기 위한 홍보의 수단으로 기념주화를 발행한다. 1970년
에 대한민국 오천년 영광사 기념주화가 발행된 이래 1988년 올
림픽 기념주화까지 각종 기념주화에 무궁화 도안이 들어가 있
는 사실을 보더라도 무궁화가 대한민국 국화임을 증명하는 한
사례라 할 수 있다.

우표에 그려진 무궁화

　　우리나라의 우편제도의 시초는 신라 소지왕 9년(487) 각
지방에 우역郵驛을 설치한 것을 기점으로 본다. 이후 고려시대
와 조선시대를 거치면서 질과 양적인 발전을 거듭하면서 여러
형태의 우편제도로 발달하였다. 그러나 엄밀히 따지면 이러한
우편제도는 일반 국민들을 위한 것이라기보다는 군사용이나 관
용으로서의 성격이 짙었다. 공식적인 서구식 우편제도 도입은
구한말 고종 21년(1884)에 우정국을 개설하면서부터였다. 이때
처음으로 태극마크를 주 도안으로 한 문위文位(화폐의 단위) 보통

우편을 발행하였다.

하지만 우편업무를 개시한 지 얼마 지나지 않아 갑신정변으로 정국이 혼란스러워지면서 우편사업은 전면 폐쇄되고, 우편제도는 과거의 역마제도로 환원되었다. 혼란기가 지나고 정국이 안정을 되찾자, 1893년 전우총국電郵總局이란 기구로 우편업무를 다시 재개하고 태극 보통우표 4종을 발행하게 되고, 1895년 7월 22일부터 공식적으로 사용하였다. 태극기가 등장한 것은 이 보통우표에서부터였는데, 이씨 왕가의 문장인 이화李花와 함께 그려져 있었다. 그러나 1905년 한일통신 합동조약체결로 모든 우편업무가 일본에 강제 접수되고 따라서 우표를 발행하지 못하는 지경에 이르렀다. 따라서 1945년 해방이 될 때까지 일본우표를 사용할 수밖에 없었다.

부끄러운 일이지만, 해방 직후에는 우표를 만들 사전 준비가 부족했던 까닭에 일본우표를 그대로 사용해야만 했다. 그런 와중에 궁여지책으로 전국에 남아 있는 일본우표를 모아 한글로 국호와 액면을 임시로 가쇄하여 새로운 우표가 발행될 때까지 사용하기도 하였다. 이후 1946년 11월 10일 미군정 하의 과도 정부

시기에 최초로 발행한 보통우표 중에 무궁화가 도안되어 사용하게 되었다.

우표는 그 나라를 상징하는 예술작품의 가치가 있다. 그 나라의 정치, 경제, 생활상, 문화, 예술, 자연에 걸쳐 시대상을 대변해 주고 있다. 이 같은 중요성을 깨달은 세계 여러 나라에서는 우표 형태와 문양 도안에 각별히 신경을 쓰고 있다. 이런 추세에 발맞추어, 우리나라에서도 다음 해에 발행할 우표를 전년도에 각 부처로부터 미리 자료를 수집한다. 그 자료를 화가, 교수, 언론인, 우표 전문가 등으로 구성된 우표심의위원회에 의뢰해 충분한 토의와 심의를 거친 후 발행하고 있다.

우표 도안에 들어가는 주 내용들은 국제협력행사, 친선외교 강화, 인류 발전에 기여할 수 있는 사항, 국가적·범국민적 행사, 역사적으로 의미가 있는 인물, 50주년, 60주년 또는 100주년 단위의 기념행사, 천연기념물, 빼어난 자연환경 등이 주제로 선정된다.

해방 이후 보통우표나 기념우표 모두 무궁화를 주 도안으로 사용한 것들이 많이 나타나게 되는데 이는 무궁화가 가진 국가적 상징성 때문이라 할 수 있다. 무궁화가 그려진 보통우표와 기념우표를 구분하여 시대 순으로 살펴보자.

해방 직후 미군이 한반도
에 주둔하던 시기에 발행된
미군정청 가쇄보 우표를 보
면 옅은 다색 바탕의 한가운
데 활짝 핀 무궁화가 한 송이
그려져 있다.

1948년과 1949년 사이에
제1차 보통우표가 다양한 소
재로 발행되었는데, 애국지
사 이준李準의 초상 아래 좌우로 무궁화가 한 송이씩 그려진 것과
붉은 바탕에 두 송이의 만개한 무궁화를 주 도안으로 한 두 종류
가 있다.

이 시기에 발행된 '한글 500년'과 '국회 개원' 기념우표는 한
글자모와 국회의사당 주위를 무궁화로 장식하고 있다. 1948년
8월 15일 정부수립을 기념하는 2종의 우표가 발행되었는데, 하
나는 평화를 상징하는 비둘기이고 다른 하나는 붉은 바탕에 흰
색으로 활짝 핀 무궁화가 그려져 있다.

치열한 전쟁으로 우편 업무가 어려웠던 시기에는 화폐가치의
하락으로 인하여 우표의 가격 위에 액면가를 첨쇄하여 사용하
였다. 이때 '이준 열사' 우표와 '무궁화' 우표는 두 차례에 걸쳐
첨쇄되었다. 그리고 전쟁 중 조국의 통일을 기리면서 '국토통
일' 기념우표를 발행하였는데, 이승만 대통령의 초상 주위를
무궁화 꽃으로 장식하고 있다.

1950년대

그동안에 발행된 우표들은 민간 인쇄소에서 인쇄되었는데,
1952년 9월 10일 '제2대 대통령 취임' 기념우표부터는 한국조
폐공사에서 처음으로 인쇄하기 시작했다.

1956년 발행된 '무궁화' 우표는 활짝 핀 두 송이의 무궁화를
우표의 전면에 가득 채워서 나라꽃인 무궁화의 아름다움과 상
징성을 나타냈고, 1957년에는 같은 도안으로 용지와 액면가를
달리하여 세 차례에 걸쳐 발행했다. 50년대에 발행된 기념우표
중 '국제 로타리 50년'과 '정부수립 10년' 기념우표에도 무궁
화 도안이 사용되었고, '정부수립 10년' 기념우표는 열 송이의

무궁화로 십자 모양(十)의 무궁화 화환을 만들어 정부수립 10주
년을 축하하는 뜻을 표현하였다.

1960년대

이 시기에는 나라꽃인 무궁화를 통해 국민들의 애국심을 고
취시키기 위한 정부의 의도적인 일환인지는 모르지만, 기념우
표에 무궁화 도안이 많이 사용되었다. 1960년 제2공화국이 탄
생되고 참의원이 개원되면서 좌측 상단에 활짝 핀 무궁화와 개
원 광경이 그려진 기념우표가 발행되었다.

1963년과 1965년에는 광복절을 기념하여 무궁화를 도안한
우표를 발행하였다. 특히 1965년에는 매월 15일에 식물을 주제
로 시리즈 우표를 발행하였는데, 8월 광복절을 기하여는 무궁
화를 주제로 발행하였다. 이때 무궁화가 도안된 우표 중에서는
최초로 칼라 인쇄되었는데, 활짝 핀 무궁화와 그 봉오리가 조화
를 이뤄 세련미를 갖추기 시작했다. 이후에도 우방 국가원수의
방한을 기념하는 우표에는 한국을 상징하는 무궁화가 많이 등
장했다.

1968년 에티오피아 황제 방한 때 발행된 기념우표에는 양국
원수의 초상이 무궁화로 감싸여 있다. 1969년 말레이시아 국왕

의 방한을 기념하는 우표에도 각국 원수 옆에 무궁화와 부용을
그려 넣었다.

1970년대

1970년 박정희 대통령의 초상이 그려진 '대통령 대형 보통우
표'에도 무궁화가 문양으로 도안되었다. 그해 '7대 대통령 취
임' 기념우표에도 박정희 대통령의 사진과 함께 대통령 휘장이
그려져 있는데 대통령 휘장 한가운데 무궁화가 선명하게 자리
잡고 있다.

1978년 '국민교육헌장 10년' 기념우표에 나타난 무궁화는 기
관이나 기구의 상징 마크 도안으로 사용된 형태로 그려져 있다.

1980년대

1981년에 발행한 우표에 나타난 무궁화는 초록 잎이 바탕이
되고 활짝 핀 한 송이의 무궁화가 단심선까지 세밀하게 표현되
어 실물과 가깝게 그려져 있다. 선명한 무궁화가 인상적이다.

'제12대 대통령 취임' 기념우표에는 대통령의 초상이 흑백인

데 비해 선명한 꽃잎 속에 경제부흥을 상징하는 듯한 건물이 들어 있어 나라꽃인 무궁화에 대한 뚜렷한 인상을 준다.

'제60회 어린이날' 기념우표는 중앙 전면에 선명히 그려진 무궁화 꽃 위로 어린이날 노래의 악보가 곡선을 그리며 펼쳐져 있는데, 이는 어린이들의 마음속에 나라꽃에 대한 사랑을 심어 주는 의미가 있지 않나 싶다.

이 시기에는 외국 국가원수의 방한이 많았는데, 이를 기념하는 우표에 양국의 국기나 국가원수의 초상과 무궁화를 조화시킨 도안이 주를 이루고 있다. '광복 40주년' 기념우표는 백두산 천지와 무궁화를 조화시켜 국가 통일의 의지를 나타냈다.

rose of sharon · rose of sharon · rose of sharon

3

국화로서의 무궁화 꽃

겨레의 개국과 더불어 면면이 애환을 같이해 온 무궁화는 우리 역사의 산
증인이자 홍익인간을 꿈꾸는 민족정신과 더불어 겨레와 민족이 존재하는
한, 피고 지고 또 새롭게 피어날 영원한 우리의 꽃인 것이다.

rose of sharon · **rose of sharon** · rose of sharon

무궁화의 장점과 민족성과의 공통점

우리 선인들이 일찍이 무궁화를 사랑했던 것은 외적으로 드러난 빼어난 자태나 색깔 때문이라기보다는 이 꽃이 주는 이미지나 상징성 때문이 아니었을까 한다.

우리 민족은 다른 나라를 정벌하여 민족의 기상을 드높인 때도 있었지만, 그보다는 외세의 침략을 받았던 때가 많았다. 이처럼 외세의 끊임없는 침략을 받으면서도 단일 민족으로서 이나라를 꿋꿋이 지켜온 것은 민족 얼의 표상으로 무궁화가 가지고 있는 꽃말인 '끝이 없는 꽃, 영원히 피고 또 피는 꽃'이란 상징성과도 일맥상통한다고 볼 수 있겠다. 이러한 연유로 우리 민족은 일찍부터 화려하고 멋있고 향기로운 꽃보다도 무궁화를 더 사랑했는지도 모른다.

무궁화는 우리가 알고 있는 것 이상으로 많은 장점을 가지고 있다. 하지만 일제 강점기를 거치면서 일본인들이 악의적으로 퍼뜨린 왜곡되고 잘못된 상식을 은연중에 가지고 있다.

무궁화의 장점

   첫째, 무궁화는 푸르른 잎은 잎 그 자체의 미로 보았고, 있는 듯 없는 듯한 향기는 향기대로 여백의 향으로 느꼈고, 흰 꽃잎 한 가운데 박힌 짙붉은 단심은 지조와 순결을 나타내는 은자隱者의 품격으로 보았다. 그렇기 때문에 무궁화는 선인들의 취향에 꼭 맞는 꽃이었는지도 모른다. 화사하고 요염한 색채도 없고, 짙은 향기도 풍기지 않는 무궁화. 한 여름 새하얀 모시옷을 입고 부채를 든 채 수련이 활짝 피어 바람에 흔들리고 있는 정원의 연못가를 거닐고 있는 선인들을 상상해 보라.

그런 모습과 가장 잘 어울리는 꽃이 어떤 꽃이라 생각되는가.
연못가 한 귀퉁이에 피어있는 무궁화가 아닐까. 점잖고 은근
하고 겸허하고 너그러운 대인군자와 같은 풍모를 지닌 꽃, 무
궁화. 일찍이 다른 나라 사람들이 우리나라를 일컬어 은자의
나라라고 불렀던 것을 생각하면 쉽게 이해가 될 것이다.

　둘째, 우리 민족은 예로부터 밝고 맑음과 하늘과 태양을 숭앙
했다. 그래서 우리 민족을 박달朴達 또는 배달민족이라 하고, 밝
고 맑음의 상징적인 색깔인 흰빛을 사랑했기에 백의민족이라
일컬었다. 무궁화 중에서도 가장 귀하고 사랑받은 것은 흰색인

데, 너른 흰 꽃 바탕에 짙붉은 화심花心을 하고 있어서 백단심白丹心을 상징하는 것으로 여겨왔다. 백의를 숭상하는 순결하고 정성어린 마음, 진실하고 깨끗한 마음의 결백을 최우선으로 여기던 민족성과도 일치되는 꽃이었다. 희디흰 바탕은 우리 민족의 깨끗한 마음씨요, 안으로 들어갈수록 연연히 붉게 물들어 마침내 그 한복판에서 붉은빛으로 활짝 불타는 무궁화는 우리 민족이 염원하던 삶이었다. 꽃잎의 흰빛은 우리 민족이 늘 몸에 두르고 다니던 색이요, 화심의 빨강은 우리 민족이 즐겨 쓰던 단청丹靑의 색깔이었던 것이다.

셋째, 무궁화는 '영원히 피는 꽃, 지지 않는 꽃' 이라는 꽃말처럼 7월부터 피기 시작하여 10월 하순까지 끊임없이 지고 핀다. 반만년 역사의 흐름 속에서 숱한 국난에도 굴복하지 않고 고유의 전통과 문화를 이어온 민족. 그런 민족성과 맞아떨어지는 꽃은, 끝없이 피고 지고 또 피고 날마다 새롭게 피는 꽃은, 무궁화였던 것이다. 무궁화 한 송이 한 송이를 보면 아침에 피었다가 저녁에 지는 꽃이지만, 다음 날 아침에 보면 또 다른 꽃이 새롭게 피어나므로 늘 새로운 꽃이 가득했던 것이다. 피었다가 질 때는 갈 때를 알고 추하게 나무에 매달려 말라비틀어지지 않고 깨끗하게 단번에 지는 무궁화는 우리의 선비정신과도 일맥상통하는 점이 있었다.

넷째, 어떤 것이든 넘치거나 흔하면 제 대접을 받지 못한다. 우리 민족은 꽃의 품격을 논할 때도 많은 꽃들이 한꺼번에 앞 다투어 피는 꽃보다는 외롭지만 고고하게 피는 꽃들을 좋아했다. 따라서 한란이나 설중매나 국화를 최상 품격의 꽃으로 쳤다.

그런 의미로 볼 때 무궁화도 이 부류에 속한다. 봄이 되어 모든 식물들이 한껏 꽃과 잎을 피어낼 때도 백일홍과 대추나무와 무궁화는 그때야 겨우 눈을 뜬다. 백일홍이 사랑받던 것도 이 때문이요, 실과 중에서 대추가 귀하게 대접 받는 것도 이와 같은 이치 때문이었다. 이것들은 앞다투어 피어났던 꽃들이 다 진 무렵인 5월 중순을 넘어서야 비로소 여린 잎을 수줍게 내밀었다. 이처럼 느려서, 바꿔 말하면 점잖아서 자신을 드러내기를 꺼리던 인자와 군자의 기풍을 지녔다고 여겨 사랑을 받았던 것이다.

진달래와 개나리가 피고, 앵두꽃이 피고 살구꽃과 복숭아꽃이 져도 무궁화는 아직도 메마른 가지인 채이다. 라일락이 피고 장미가 피고 나서야 비로소 잎 모양을 갖춘다. 일단 잎이 피어나면 나무는 푸른 옷으로 갈아입고, 첫 꽃이 피는 것은 7월 초순이 되어서다. 모든 꽃들이 한 때 영화를 누리다 떠나간 쓸쓸한 뜰 한 쪽에서 푸르른 이파리 사이로 수줍은 듯이 고개를 내민 순백의 눈부신 무궁화. 어찌 그 꽃을 사랑하지 않을 것인가.

다섯째, 무궁화는 토지가 좋고 나쁨을 가리지 않고 어디서든 잘 자라고, 옮겨 심어도 쉽게 뿌리를 내린다. 무궁화는 오동나무, 미루나무, 자귀나무처럼 일 년에 몇 길씩 쑥쑥 자라지는 않지만 천천히 자라되 몇 년, 몇 십 년이 지나는 동안 거목으로 성장한다. 이처럼 마디게 자라기 때문에 목질이 단단하고 강하다. 따라서 줄기 하나도 쉬 꺾이지 않는 끈질김이 우리 민족의 은근과 끈기와 강인함을 그대로 닮았다고 할 수 있다.

마디게 자라는 나무들의 특성은 웬만큼 자란 후에는 옮겨심기가 무척 까다로운데, 무궁화는 실하고 숱한 잔뿌리들 때문에 거목으로 자란 후에 옮겨 심어도 쉽게 자리를 잡는다. 또한 소나무나 대나무처럼 까다롭지 않고 계절을 가리지 않아 겨울을 제외하고는 어느 계절에 옮겨 심어도 탈이 없다. 집 울타리에 심으면 울타리에서, 마당에 심으면 마당에서, 개울가에 심으면 개울가에서 탈 없이 잘 자란다. 또한 일단 자리를 잡으면 제 스스로 씨앗을 퍼뜨려 세월이 지나면 주변을 무궁화 밭으로 만들어 버린다. 이러한 특성 때문에 특별한 일이 없는 한은 한 번 무궁화가 심어지면 없어지거나 줄어드는 법이 없다.

여섯째, 우리는 예로부터 무궁화로 울타리를 많이 삼았다. 지금도 농촌이나 산골 마을에 가보면 무궁화와 더불어 탱자나무나 측백나무 또는 대나무로 울타리를 삼은 곳이 많다. 무궁

화로 울타리를 만들었다 해서 천시할 것인가. 그렇지 않다. 중국에서도 무궁화는 거의 울타리로 이용되는데 이는 무궁화의 장점이 많기 때문이다. 무궁화는 공기 정화 능력이 뛰어나고 꽃을 볼 수 있을 뿐더러 그 잎은 나물로도 쓰고 소가 지쳤을 때는 죽을 끓여 먹이면 쉽게 원기를 회복했다. 또한 번식이 빠르고 키 또한 크지도 작지도 않아 울타리로 쓰기에 알맞기 때문이었다.

무궁화는 공해나 해충에 강한 식물이다. 수입종인 화훼들은 우리 땅에 정착한 지가 오래됐음에도 불구하고 공해나 해충에 약하다. 그러나 무궁화는 매연이 가득한 가로수로 심어도 견뎌 내고 진딧물에 시달려도 비라도 한번 시원하게 내리면 언제 그랬냐는 듯이 생생해진다. 다른 화훼들은 진딧물이 붙으면 금세 시들어 버리지만 무궁화는 제 스스로 자연 퇴치시켜 버린다. 이처럼 무궁화는 사람들의 사랑을 받으며 집 둘레에 많이 심어졌다.

그런데 무궁화에 진딧물이 많이 꼬이고, 쳐다보면 눈에 핏발이 서는 '눈에 피꽃'이라 하고, 만지면 부스럼이 생긴다 하여 '부스럼 꽃'이라 거짓 소문을 낸 것은 일제 강점기에 일본인들이 우리 국화인 무궁화에 대한 나쁜 선입견을 갖게 하기 위해 퍼뜨린 악선전에 불과한 것이다.

인류 역사를 통해 한 나라의 특정식물이 외세에 의해 가혹한 수난을 당한 것은 무궁화가 유일할 것이다. 해외를 비롯한 국내 독립지사들이 광복과 민족정신의 표상으로 무궁화를 내세우자 일본인들은 무궁화를 보이는 대로 뽑거나 불태워 버렸다. 이런 일제의 무궁화 탄압 속에서도 무궁화를 통해 민족 얼을 심어주고 재인식시키기에 앞장섰던 인물로는 우호익과 남궁 억이 대표적이라 하겠다.

우호익은 우리의 글과 말을 쓸 수 없던 일제 암흑기에 무궁화를 학문적 차원에서 체계적으로 깊이 있게 연구하여 사적史的 가치를 고찰함과 동시에 국화로 숭배된 유래를 논증함으로써 나라꽃 무궁화로서의 위상을 정립하는데 큰 공헌을 남겼다. 한서 남궁 억은 무궁화를 없애기 위해 혈안이 되어 있는 일제의 눈을 피해 무궁화 묘목을 길러 전국에 나눠주고 자라는 것을 지켜보면서 구국 혼을 불러일으키는 선봉에 섰다.

일곱째, 무궁화는 겸허하게 피었다가 깨끗하게 지는 꽃이다. 화려한 자태와 향을 뽐내는 장미나 이른 봄 정원을 온통 풍만하게 뒤덮는 꽃들을 보더라도 알 수 있다. 그 꽃들은 꽃 피우다 질 때면 꽃이 나무에 며칠씩 매달려 말라가거나 비라도 오면 보기 흉하게 썩어가면서 떨어진다. 낙화도 꽃이거늘 참으로 추하기 이를 데 없다. 대부분의 꽃들이 지는 모습을 보면 이와 비슷하다. 그러나 무궁화는 아침에 피었다가 저녁이면 곱게 꽃잎을 오므린 채 통째로 진다. 땅에서 얻은 정기로 꽃을 피우고 질 때는 미련 없이 땅에 다시 돌려줄 뿐, 비쩍 마르고 썩으면서까지 가지에 매달려 떠나지 않으려는 악착을 보이지 않음이 대인군자의 풍모를 닮은 것이다.

여덟째, 무궁화 꽃을 보면 꽃잎은 다섯 개이나 화심은 하나로 된 통꽃이다. 이는 우리 민족의 '완성의 세계관' 과도 닮은꼴이다. 우리 겨레는 다섯五이라는 숫자를 완성된 인간상의 추구 표현으로 보았다. 오행五行, 오상五常, 오복五福, 오곡五穀, 오륜五倫, 오관五官, 오계五戒 등이 그것이다. 그러기에 다섯 꽃잎을 가진 무궁화는 완성된 세계관 및 완성된 아름다움을 추구하는 우리 겨레의 바람과도 꼭 들어맞는 꽃인 것이다.

겨레의 개국과 더불어 면면이 애환을 같이해 온 무궁화는 우리 역사의 산 증인이자 홍익인간을 꿈꾸는 민족정신과 더불어 겨레와 민족이 존재하는 한, 피고 지고 또 새롭게 피어날 영원한 우리의 꽃인 것이다.

국화인 무궁화에 대한 논란

지금은 누구나 무궁화를 나라꽃으로 인정하고 있다. 하지만 공식적으로 나라꽃에 대한 부정론이 대두된 때가 있었다. 지금도 일각에서는 무궁화가 나라꽃이 되기에는 적합하지 않다고 보는 시각이 있는 것도 사실이다.

1956년 이승만 대통령이 수도인 서울시 이름을 자기의 호인 우남雩南의 이름을 따서 '우남시'로 바꾸자는 공식담화를 내놓았지만 각의閣議의 호응을 얻지 못해 무산되면서 국기와 국화에 대해서도 부정적인 견해들이 나오기 시작하며 논란이 야기됐다. 그 당시 국화논쟁에 대해 동아일보 김충식 기자는 '명 대결'이라는 제하로 1982년 7월 30일부터 8월 10일까지 9회에 걸쳐 연재했다.

그 내용들을 간추려 보면 다음과 같다.

1회, 화훼연구가 조동화 / 부정적 입장
– 1982. 7. 30

조동화 씨는 무궁화를 국화로 반대하는 이유를 1956년 2월 3일자 한국일보를 통해 다음과 같이 말했다.

"무궁화가 국화로 여겨지게 된 것은 갑오경장 이후 구미의 신문화가 이 땅에 밀려오면서 오얏꽃李花의 이조 왕조에 대한 반감에서 비롯되었으며… 일본인들이 한국인의 무궁화 재배를 공공연히 방해하고 '눈에 피꽃'이라는 터무니없는 모함까지 하는 바람에 무궁화는 오히려 '국화라는 명예로운 위치'에까지 이르게 됐다."

또한 무궁화가 국화가 될 수 없는 몇 가지 이유를 들었다.

첫째, 무궁화는 지역적으로 볼 때도 주로 38선 아래 남쪽에 피는 꽃으로 황해도 위 북쪽으로는 심을 수 없는 '지역적 한정성'이 있다.

둘째, 원산지가 우리나라가 아닌 인도이므로 국화가 외래식물이라는 점이 우리 정서와 아울리지 않는다.

셋째, 진딧물이 많아 청결하지 못하고 단명 하는 꽃으로 중국이나 일본에서도 목근화일일영木槿花—日榮이라 하여 단명허세短命虛勢의 표본으로 인용하고 있다.

넷째, 휴면기가 너무 길어 모든 꽃들이 움트는 봄에도 대추나무처럼 '죽은 듯이 잠자는 태만한 식물'이며 품品도 빈궁하고, 꽃 피는 시기도 긴 것 같지만 가을꽃 중에서도 제일 먼저 시드는 '실속 없는 식물'이다.

조동화 씨는 이러한 연유 외에도 꽃이 지는 모습이라도 좋았으면 하는데 산화散花도 아닌 병적으로 시들어 떨어지는 꽃잎의 추함이 화랑花郎답지 못하다고 주장하며, 그는 마지막으로 한국에 꽃 피는 식물이 2천종이 넘는 판에 하필 무궁화를 국화로 선택한 것은 심미안들이 열등하다는 얘기며 '마치 아이를 버리고 태를 두었다 쓰는 격'이라고 통렬하게 꼬집었다.

식물학자 이민재 씨는 1956년 2월 8일 조선일보를 통해,

"무궁화가 국화로서 왜 적당하지 못한가 하는 것은 대체로 조동화 씨의 논지에 어긋남이 없으며 실제 식물학적으로도 정확한 것이고 또 해방 당초부터 우리들 사이에 일어온 논지와도 같은 것이다. 따라서 우리 식물학도의 공의共議는 무궁화가 국화 식물로는 부적당하다는 것으로 되어 있다." 고 했으며, 국민의 합의절차나 법률규정의 과정을 거치지 않았기 때문에 무궁화는 국화가 아니라는 주장이었다.

그는 국화의 전제 조건을 다음과 꼽았다.

– 국토 전역에 분포할 것.

– 한국 원산 종으로 민족을 상징할 수 있을 것.

– 꽃 모양, 이름이 아름다울 것.

– 민족과 더불어 역사적 애환을 함께 했을 것.

– 되도록 다른 식물보다 이른 계절에 필 것.

그는 이에 가장 적합한 것은 진달래라고 꼽았다.

"진달래야말로 품品이 담담하고 청초한 느낌을 주는 것이 좋

고 봄이 되면 다른 식물들이 잠자고 있는 사이 마치 선구자처럼 제일 먼저 찬바람에 아름다운 꽃을 피우는 부지런함이 좋다." 고 극찬하며 국화 후보로 진달래를 제청했다.

3회, 문일평과 이양하 / 긍정적 입장 – 1982. 8. 2

무궁화 예찬론자인 호암 문일평과 영문학자 이양하는 각각 『호암전집』과 『무궁화』에서 당대唐代의 시선 이백李白의 노래 '뜰의 꽃들은 향기를 다투고 연못가 풀들은 봄빛을 자랑하나 어찌 무궁화를 따를 수 있으랴. 섬돌 곁의 순결하고 아리따움을…' 과 송대宋代 양만리楊萬里의 찬미시 '아침에 화려한 손무孫武(전쟁 영웅)의 진陣처럼 피어 저녁 바람 따라 녹주綠珠(절세미인)처럼 지도다.' 등 무궁화를 예찬한 글들을 모아 열거하며 이러한 역사적인 연유로 무궁화를 국화로 삼는 것이 좋다고 결론 내렸다.

무궁화가 우리 민족과 인연을 맺었다는 기록은 각종 문헌을 통해서 많이 남아있다. 단군조선의 건국 이전인 신시시대에는 무궁화가 환 나라의 꽃인 '환화桓花'라는 명칭으로 인연을 맺었고, 단군조선시대에는 '훈화薰華', '천지화天指花', '근수槿樹' 등으로 불리었다. 기록상으로 볼 때, 그 당시는 무궁화가 하늘에 제사 지내는 신단神壇 둘레에 많이 심어져 신성시되었고, 15대

단군은 정자를 만들고 그 뜰아래 무궁화를 심었고, 국자랑國子郎
들은 무궁화를 머리에 꽂고 다녔다고 전한다.

이와 같은 사실은 4천3백여 년 전에 쓰여진 중국 고대 지리서
地理書인 『산해경』의 '훈화초薰華草'의 기록에 남아 있고, 이후 우
리 문헌인 『조대기』, 『단군세기』, 『단기고사』, 『규원사화』 등에
생생하게 기록되어 있다. 특히 당·송시대唐宋時代나 고려 때에는
시인이나 묵객들이 무궁화를 예찬한 시가 많이 남아 있다.

4회, 이양하, 류달영, 염도의의 무궁화 역사성에 관한 글 / 부정적 입장 – 1982. 8. 3

이양하는 『무궁화』에서 무궁화의 잎과 꽃이 늦게 피는 아쉬움
에 대해 '앵두꽃이 피고, 살구, 복숭아꽃이 피고 져도 무궁화는
아직 메마른 가지에 잎을 장식할 줄 모른다. 잎이 움트기 시작
하여도 물 올라가는 나무뿌리 가까운 그루터기에서 시작되는
것이어서 온 뜰이 푸른 가운데 유독 지난해의 마른 꽃씨를 달고
있는 나무가 오랫동안 눈에 거슬린다.' 하였고, 이어 '라일락이
피고, 장미가 피고 나서야 비로소 잎을 갖추는 것도 그렇지만
꽃이 피는 것도 무척 더디다.' 고 아쉬움을 표했다.

또한 시드는 모습을 보고는 창기娼妓의 입술에 비유하여 '보

라에 가까운 빨강, 게다가 대낮 햇살을 이기지 못하여 시들어 오므라지고 보니 빛은 한결 생채를 잃어 문득 창기의 입술을 연상케 한다.'고 하였으며, 꽃잎에 대하여도 '검푸른 것이 꽃잎이라기보다는 나뭇잎이었다.'라고 아쉽게 표현한 뒤 다른 국화에 비해 '우리 무궁화는 아무래도 우리 선인의 선택이 셈에 맞지 않는 것이었다고 하지 않을 수 없다.'고 부정적인 견해를 것 들였다고 기술했다.

『나라꽃 무궁화(류달영·염도의 공저)』에서는 근화槿花가 무궁화로 불리기 시작한 것도 고려 신종 이전부터였다는 것이 무궁화 예찬론자들의 주장이라고 하였다.

5회, 명칭에 얽힌 이야기, 생리생태 및 국화로 굳어지게 된 경위 -1982. 8. 4

무궁화의 꽃말은 '영원 또는 일편단심'이라 하였고, 학명이 의미하는 뜻과 자생지, 유사 수종인 '부용芙蓉'과 '하와이 무궁화', 영명 Rose of sharon이 의미하는 뜻, 기타 생리생태 및 재배 등에 관련된 내용을 기술한 후 식물학 사전, 식물도감, 국어사전 등 국내외의 모든 무궁화에 관한 기록은 이 같은 사실과 더불어 '한국의 국화'라고 기록하고 있다고 하였다.

그리고 국화로 굳어지게 된 경위에 대하여는 1925년 10월 21

자 동아일보의 '조선국화 무궁화의 내력'을 인용하였다.

아마 지금부터 25년 전, 즉 조선에도 개화풍이 불게 되어 양인洋人의 출입이 빈번하게 되자 그때에 선진先進이라고 하던 윤치호 등의 발의로… 양악대도 세우고 국가도 창작할 때… 부속되어 생겼다고 하는 애국가의 후렴인 '무궁화 삼천리 화려강산'이라는 구절이 끼일 때 비로소 근화槿花, 즉 무궁화를 무궁화라고 쓰기 시작한 듯합니다.

그리고 이와 전후하여 도산 안창호 선생 등이 맹렬히 민족운동 즉 국수國粹운동을 일으킬 때 조선을 무궁화에 비겨 청산 같은 웅변을 현하같이 토할 때마다 '우리 무궁화동산은…' 하고는 주먹이 깨질 듯이 책상을 두들기고 연단이 부서질 듯이 발을 굴렀습니다. (1925년 10월 21일자 동아일보의 〈조선국화 무궁화의 내력〉)

6회, 무궁화가 오늘날 '국화'로 된 배경 – 1982. 8. 6

세계 어느 나라의 국화도 연원이나 국화 결정 시기 등 명백한 것이 없는 것과 같이 우리나라의 나라꽃도 역사와 유래를 명쾌하게 밝히기는 어려웠으나 전문가들의 의견은 대체로 19세기 격동하는 세계 속에서 자기 나라 세력을 넓혀가거나 보전키 위해 자체 결속과 단결을 부르짖는 민족주의 역사와 국화의 그것이 일치한다는 데 모아지고 있다고 하였으며, 우리나라는 구한말 민족적 위기가 닥치고서야 비로소 선구적 지식인과 반일 세력들에 의해서 무궁화가 '한민족의 얼'을 상징하는 꽃으로 부각되었다고 하였다.

또 영국 민요 '올드 랭 사인'의 곡에 맞추어 불리어지던 애국가의 후렴이 널리 퍼지자 일제는 무궁화 박해를 시작하였다고 하였으며 일본 침략자들과 이완용 등 합방주역들의 함령전 뜰에서 술을 마시며 읊었다는 합작시와 '무궁화동산' 사건 등의 내용을 기술한 후 무궁화가 오늘날 '국화로 여겨지게 된 이면에는 이처럼 수많은 사연과 역사적 배경이 깔려 있는 것이다.'라고 기술하였다.

7회, 외국의 국화 소개 – 1982. 8. 7

세계 여러 나라 국화와 정해진 배경 설명을 한 후 '19세기 전후 각국이 세계를 무대로 외교적, 상업적 국익을 추구하고 그 과정에서 불가피하게 야기되는 상대국과의 마찰이나 위기로부터 자국의 이익을 수호하고 민족적 단합을 꾀하는 수단으로 국화라는 상징물을 내세웠다는 것이다.'라고 기술하고 있다.

〈민족과 수난을 같이 한 무궁화〉

- 첫째, 원산지가 외국이라는 설에 대해.

기록상으로도 1천년 이전에 이미 자생하고 있음이 드러났으며 우리나라를 근역槿域, 근화향槿花鄕 등의 이름으로 불리어졌고 또 원산지를 구분할 수 있는 옛 기록이 있는 것도 아니며 이미 토착화된 식물이기 때문에 원산지를 따질 필요가 없다.(서울대학 화훼학과 염도의 교수, 무궁화애호운동회 김석겸 회장)

- 둘째, 북위 38도선 이북 지방에 자생하지 않는다는 주장에 대해.

캐나다와 같은 위도에서도 꽃이 훌륭하게 피어있는 것을 보았는데 38선 이북이라고 불가능할 것도 없다. 또 국화는 전 국토에 분포되어야 이상적이기는 하지만 꼭 전국적으로 자생하여야만 된다는 이론은 잘못된 것이다.(원예학자 류달영 박사)

- 셋째, 진딧물이 많다는 주장에 대해.

진딧물은 새싹이 나올 때 극성을 부리고 꽃이 활짝 피는 시기에는 점차 줄었다가 10월경에 다시 늘어나기 때문에 초봄에 살충제를 한두 차례만 뿌려 방제해 주면 흠이 될 것 없다. 꽃나무마다 병충해가 전혀 없는 꽃은 없으며, 화훼방제를 위해 농약 등을 한두 차례 뿌리는 것은 상식으로 돼 있어 전혀 문제될 수

없다. 또한 진딧물에 강한 교배육성종을 선택해 심는 것도 좋은 방법이다.(류달영 박사)

- 넷째, 꽃 모양과 피는 시기, 낙화상에 대해.

미국에서도 훌륭한 꽃으로 지목해 연구 개량하고 있으며 국내 육성종의 꽃 핀 모양을 보고 아름답지 않다고 할 사람은 없을 것이다. 또한 피는 시기와 낙화상落花相 등에 대한 지적은 주관적인 심미안의 차이일 뿐이다.(염도의 교수)

- 다섯째, 민족적·역사적 친화력이나 꽃으로부터 느끼는 국민적 감정에 대해.

국화라는 전제조건이 역사적으로 깊은 연고를 가져야 하고 민족의 애환을 함께해야 한다면 무궁화야말로 으뜸이다. 한일합방이라는 민족의 위기와 더불어 민족의 대명사가 됐고 일제 치하의 피어린 민족적 수난을 함께 했으며 광복의 기쁨과 환호 속에 무궁화, 태극기, 그리고 애국가가 거리를 휩쓸지 않았는가?(김석겸 회장)

- 여섯째, 무궁화를 국화로 정한 법이나 정부 차원의 선언이 없다는 데에 대해.

외국의 나라꽃도 법으로 정한 것보다 국민의 사랑과 애호를 받고 나라를 상징하는 꽃으로 불리면서 국화로 굳어진 것들이 더 많다. 또한 무궁화는 정부의 휘장 등으로 사용하고 학교 교과서에서 '우리나라꽃'으로 규정하고 있는 이상 별도의 '선언' 등은 필요조차 없다.

무궁화 품종 개량에 힘쓰고 과학적인 재배방식을 도입한다면 어느 나라 국화 못지않게 훌륭한 국화가 될 것이므로 무궁화보다 더 적합한 국화는 없다는 것이 예찬론자들의 주장인 것이다.

9회, 언론인 주요한 씨의 국화론 – 1982. 8. 10

조동화, 이민재 씨 등의 시론이 발표된 지 20여 일이 지난 1956년 2월 28일, 주요한 씨는 C지誌에서 다음과 같이 국화론을 밝혔다.

'무궁화는 과연 국화인가. 그렇기도 하고 그렇지 않기도 하다. 만일 국화라는 것을 형식상 법령으로 제정된 것이란 뜻으로 해석한다면 우리 기억에 그런 제정이 있었다고 들은 일이 없다. 그렇게 보면 국화라고 부를 수 없을 것이다. 한편으로 생각하면 국화라는 것은 반드시 법으로 제정해야만 되는 것도 아닌 것 같다. 오랜 전통으로 자타가 인정하면 그렇게 인정된 예가 다른 나라에도 많다. 이번 경우에 그것은 차라리 국민화나 민족화라

고 함이 정확할 것이다.'

또한 주요한 씨는 '하여간 무궁화는 국화라고 법령화된 것은 아니지만 대소자전大小字典과 교과서 등을 들춰보면 우리나라꽃이라고 정의내리고 있으므로 '나라꽃'이라고 말해 무방할 것'이라고 덧붙였다. 그리고 주요한 씨는 또 개인적으로 국화 후보로 개나리와 봉선화를 꼽기도 하였으며, 한편 국화와 더불어 국가에 대하여도 지적했는데 '엄밀한 의미에서 아직 국가를 정하지 않았지만 애국가를 국가처럼 부르고 있다'라고 하면서 이렇게 나아가자면 이미 조동화 씨가 지적한 바와 같이 국기에 관한 문제도 일어나고 심지어는 국호에 관한 논의나 기년紀年의 문제 등도 재연될 수 있으므로 다소 불만이 있더라도 일반 국민의 상식이 되어 있으니 남북통일이 되기 전까지는 그대로 두는 것이 좋겠다는 사견을 제시하였다.

이로써 주요한 씨의 소론을 마지막으로 '국화논쟁은 결국 한 치의 진전이나 소득도 남기지 못한 채 원점으로 되돌아갔다.'고 기술하고 국화가 민족적·국가적 단결의 구심점으로서 역할이 큰 만큼 하루 속히 정립되고 육성해야 할 것 같다. 막연하게 '통일의 그날'만을 기다리며 외면할 문제는 아니라고 주장하는 견해도 적지 않다.

1928년 우호익이 잡지 『청년』에 연재한 〈무궁화 예찬〉에서

- '민족의 이상화理想花인 무궁화'

세상에는 꽃의 종류가 심히 많다. 몇 천 종, 몇 만 종으로 세일지는 모른다. 그러나 그 꽃 중 사람에게 길리 우고 칭송을 받는 꽃은 적을 것이다. 그 중에서도 어떤 민족에게 그 민족의 이상화로 추대함을 받아 그 민족 전적애全的愛를 일타에 모으고 있는 것은 더욱 적을 것이다. 이와 같이 귀한 자리를 점령한 꽃은 얼마나 행복 될 것인가? 영국의 장미, 프랑스의 백합이 그것이며, 일본의 벚꽃이나 중국의 함박꽃이 그것이다. 그러면 우리의 이상화는 무엇인가? 그것은 우리가 다 알고 있는 바와 같이 무궁화이다.

1955년 김정삼이 『무궁화보』에서

- 무궁화는 아득한 예로부터 우리 민족의 머릿속에서 피고, 배달민족은 무궁화의 품안에서 자라는 듯한 연상을 주는 형영形影의 관련이 맺어지고 있는데, 국화라는 근대적 명칭이 새로 붙었을 뿐이다. 필자는 무궁화에 대한 참고를 얻기 위하여 지식인

들을 만나는 대로 무궁화에 대한 지식과 의견을 물어온 지 오래되었으나 별로 좋은 재료를 얻지 못하였고, 국화 반대론자들을 다수 발견하게 되었다. 그들의 주장은 거의 다가 꽃으로서의 화華와 향이 없다는 것뿐이며, 학리적 또는 윤리적 근거는 하나도 없었다. 마치 자기아내가 천성이 성실하고 좋기는 하지마는 농촌 여인이라 꾸밈이 없고 지분 냄새도 풍기지 않으므로 같이 살 수 없다고 화류계 출신 여자를 새로 구하는 심사와 같은 무지라고 하겠다. 국화 개선론자들의 대다수가 소위 현대적 지성인들인데, 꽃의 화와 향만을 취하고 국화로서의 연원과 윤리의 본질을 무시하는 고루한 사람들이니, 무궁화가 이런 사람들에게서 천대받을 수밖에 없는 것이다.

이양하(1904-1963)의 〈무궁화관에 대하여〉에서

그는 평안남도 강서에서 태어나 서울에 올라와 살게 되면서 연희전문학교 교정에서 처음으로 무궁화를 보았는데, 해질 무렵 분홍무궁화가 오므라져 떨어지는 모습을 본 무궁화의 첫 인상을 다음과 같이 기록하였다.

 - 기억이 어렴풋하나 그때에 맛본 환멸은 아직도 소상하다. 보라에 가까운 빨강, 게다가 햇살을 이기지 못하여 시들어 오므라지고 보니, 빛은 한결 생채를 잃어 문득 창기의 입술을 연상

케 하였다. 이파리의 아름다움이 있나 하고 들여다봐야 거세고 검푸른 것이 꽃나무 이파리라기 보다 그냥 나무 이파리였다. '샤론의 장미'라고 해서 신비로운 동경을 가졌던 것은 아니나 우리의 국화라는 것이 이렇게 평범하고 초라할 줄은 생각지 못하였다.

그 후 그가 서울에 살면서 세월이 흐르는 동안 무궁화를 보는 눈이 아주 달라졌다고 하였다.

– 감탄 없이는 바라볼 수 없다.

– 꽃은 수줍고 은근하고 겸손하다.

– 꽃으로서도 이만큼 무성하고, 이만큼 오래 가고 보면 그것만으로도 한 덕이라 할 수 있을 것이다.

– 이렇게 너무 까탈 부릴 줄을 모르고, 타박할 줄 모르는 것이 이 꽃이 사람들의 귀여움을 받지 못하는 소이所以의 하나가 된지도 모른다.

– 무궁화는 은자가 구하고 높이는 모든 덕을 구비하였다. 무궁화에는 은자가 대기大忌하는 속취라든가 세속적 탐욕 내지 악착을 암시하는 데가 미진도 없고 덕 있는 사람이 타기하는 요사라든가, 망집이라든가, 오만이라든가를 찾아볼 구석이 없다. 어디까지든지 점잖고, 은근하고, 겸허하고, 너그러운 대인군자의 풍모를 가졌다.

문일평(1888-1939)의 〈화하만필〉에서

- 목근화는 무궁화니 동방을 대표하는 이상적명화이다.

- 아침에 피었다가 저녁에 시드는 것은 영고무상榮枯無常한 인생의 원리를 잘 보여주는 것이며, 동시에 여름에 피기 시작하여 가을까지 계속적으로 피는 것은 자강불식하는 군자의 이상을 보여주는 바라, 그 화기花期의 장구한 것은 화품의 청아한 것과 아울러 이 꽃의 두드러진 특징이라 할 것인바, 조선인의 최고예찬을 받는 이유도 주로 여기에 있다고 할 것이다.

- 무궁화 빛깔이 몇 가지 있으나 분홍과 백색이 가장 고우니, 여름 아침 일찍 동산에 나가면 번무한 가지와 잎 사이로 여기저기 하얗게 핀 꽃은 이슬에 젖은 그 청아한 자태가 청계수에 새로 목욕한 선아仙娥의 풍격 그것을 어렴풋이 생각나게 한다.

이상과 같이 '국화 논쟁'을 보다보면 아쉬운 점이 많다. 반대론자들 입장에 있는 식물학자들은 사실 일반인들보다 무궁화에 대해 잘 알고 있는 것은 사실이다. 하지만 이 세상에 완벽한 것이 과연 얼마나 있을까. 빛과 그늘은 사실 크게 보면 한 부류이다. 빛이 있기 때문에 그늘도 생기는 것이 아닌가. 반대론자들이 주관적인 주장으로 인해 국화인 무궁화에 대한 일반 국민들의 정서가 부정적이 되지 않았을까 염려된다.

유럽에서는 우리나라보다 훨씬 앞선 1850년대부터 이미 160

여 품종을 육성하여 판매하는 등 상업화 하고 있다. 많은 나라에서는 정원수는 물론이려니와 가로수로도 심고 가꾸고 있는 실정이다. 이와 같이 우리의 국화인 무궁화를 외국에서는 큰 관심을 가지고 재배하고 연구하고 있는 반면에 우리의 실정은 어떠한지 냉철하게 뒤돌아 볼 필요가 있다.

이미 국민들의 정서 속에 무궁화가 국화로 인식된 이상 불필요한 단점을 부각시키는데 쓸데없는 힘을 낭비하지 말고 아름다운 꽃으로 받아들일 수 있는 긍정적인 마음가짐이 필요하다고 본다. 그것이 진정으로 나라를 사랑하고 국화인 무궁화를 사랑하는 자세가 아닌가 싶다.

4

일본의 무궁화 꽃 말살 정책

그는 일찍이 무궁화에 우리 민족의 정신이 깃들어 있음을 믿고, 배화학당 여학생들에게는 무궁화를 수놓게 하고, 모곡학교에서는 무궁화 묘목을 길러서 전국에 나눠주며 나라 잃은 설움과 시름을 달랬다. 훗날 그는 이러한 사건으로 옥고와 심한 고문을 받게 된다.

rose of sharon · **rose of sharon** · rose of sharon

일본의 무궁화 말살 정책

일제에 의해 국권을 강탈당한 우리 겨레는 신시시대부터 사랑해온 무궁화를 잃어버린 나라를 대신해 사랑했다. 하지만 이에 불만을 가지고 있던 일본은 우리나라에 대한 문화 말살 정책의 일환으로 겨레의 꽃인 무궁화를 말살하려 했다. 총칼을 앞세워 무궁화를 심지 못하게 하는 것은 물론이고 무궁화는 캐내어 없애도록 부추기면서 무궁화를 보는 대로 불태워 없앴다. 심지어는 무궁화를 캐오는 학생에게는 상을 주기까지 하며, 무궁화를 캐낸 자리에는 벚꽃을 심었다. 또한 무궁화에 대한 날조와

〈한서 남궁 억 선생의 초상화〉

악선전을 자행했다. 그 예로, 무궁화를 가까이에서 보면 눈에 핏발이 서고, 만지면 부스럼이 생긴다고 유언비어를 퍼뜨리며 무궁화를 보면 침을 뱉고 멀리 돌아서 가라고 가르쳤다.

이같은 핍박 속에서도 민족정신의 표상으로 학교나 단체에서는 무궁화를 상징물로 만들어 썼다. 그 대표적인 예로 조철호의 '조선소년군'을 들 수 있다. 1922년 조철호는 민족의 독립을 성취해 낼 인재를 양성하기 위해 '조선소년군'을 창설했다. 이들은 각종 행사가 있을 때마다 파견돼 행사를 돕는데 일조를 했다. 1937년 7월 31일. 종로 파고다공원에서 시국강연회가 열렸을 때도 조선소년군의 항건(스카프)에 새겨진 무궁화가 문제가 되었다. 이는 일본에 항거하는 뜻이 담겨 있다 하여 항건을 압수하고 간부를 구금했다.

또한 서울중앙학교의 모표도 '中央'의 '中'자에 무궁화 화환을 두른 것이 발각돼 사용하지 못하게 했다. 무궁화를 대신해 화환 대신 6각형 테두리를 새겼다가 1939년 5월부터는 월계관으로 대신했다.

1934년에 준공된 고려대학 본관 정
문에는 두 개의 돌기둥이 서 있는데,
전면에는 호랑이가, 후면에는 무궁화
가 조각되어 있었다. 다행히 돌기둥
후면에 새겨진 무궁화는 일제의 눈에
띄지 않아 오늘에까지 보존되어 있다.

〈중앙학교 모표〉

만약에 일제의 눈에 띄었다면 고려대학 정문의 돌기둥도 수난
을 면키 어려웠을 것이다.

일제의 무궁화 말살 정책에 항거해 무궁화 보급 운동을 벌인
한서 남궁 억 선생 같은 분은 눈엣가시 같은 존재였다. 일제는
남궁 억 선생이 몰래 키워온 묘목 70,000주를 불태우고 체포해
모진 고문을 가하기까지 했다.

남궁 억 선생이 살아온 길

한서翰西 남궁 억南宮 檍(1863-1939) 선생은 구한말 항일 독립운동가이자 언론인이며 교육자였다. 또한 일제 강점기에 우리나라의 국화인 무궁화를 지키고 가꾼 애국지사였다.

남궁 억 선생은 1863년 12월 27일 당시 왜송골이라 불리던 서울 정동에서 남궁 영南宮 泳과 덕수 이씨 사이에서 태어나 1939년 4월 5일 77세를 일기로 영면했다. 황성신문을 창간하고 무궁화 보급 운동에 앞장섰던 선생은 2000년 1월의 '문화인물'로 선정되기도 했는데, 본관本貫은 함열咸悅, 이름은 억檍, 자字는 치만致萬, 호號는 한서翰西이다. 평생을 나라 사랑과 독립운동으로 일관한 선생은 1918년 선향인 강원도 홍천군 서면 보리울(모곡)로 낙향해 보리울에 학교를 세운 뒤 후진 양성에 힘썼다. 한편 학교 실습장에 일제의 눈을 피해 무궁화 묘목을 대량으로 심어 전국에 나라꽃 무궁화 보급 운동을 전개하여 무궁화를 통해 광복에 대한 염원과 의지를 승화시켰다.

남궁 억 선생은 이런 일제의 만행을 보고는 무궁화 보급 운동 외에도 1931년에는 '무궁화 동산'이라는 노래를 만들어 학생들에게 가르치던 중 일본 경찰에 의해 70,000주의 무궁화가 불태워지고, 무궁화 동산 사건(1933년 11월 4일) 등으로 일제의 감시를 받게 된다. 그는 결국 일제에게 보안법 위반으로 체포돼 1년 복역에 3년 집행유예를 받고 8개월의 옥살이를 하게 된다. 1935년 7월 병보석으로 8개월의 옥살이 끝에 석방되긴 했지만 옥살이와 모진 고문의 후유증으로 건강을 회복하지 못하고 1939년 자택에서 끝내 온몸을 던져 염원했던 독립을 보지 못한 채 영면한다.

구한말 당시 수많은 이 땅의 선각자들이 민족정신을 일깨우고 구국활동에 앞장섰지만, 그처럼 전 생애에 걸쳐 '교육을 통한 구국'을 실천했던 사람은 드물다. 관직에서, 언론을 통해, 교육현장에서 온몸으로 보여준 그의 애국사상은 이 겨레의 사표師表로서 존경받기에 조금도 손색이 없다.

남궁억 선생은 구한 말 항일 운동가이자 언론인이며 교육자 이고 무궁화를 지키고 가꾼 애국지사 였다.

1863년 12월 27일 당시 왜송골 이라 불리던 서울 정동에서 남궁영과 덕수이씨 사이에서 태어났다.

본관은 함열, 이름은 억, 자는 치만, 호는 한서 이다.

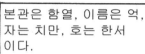

그는 황성 신문을 창간 하고 무궁화 보급에 앞장서 200년 1월 문화 인물로 선정 되기도 했다.

평생을 나라 사랑과 독립 운동으로 일관한 선생은 1918년 선향인 강원도 홍천 서면 보리울로 낙향해 학교를 세운 후 후진 양성에 힘썼다.

학교 실습장에 무궁화 묘목을 대량으로 심어 무궁화 보급 운동을 전개하여 광복에 대한 염원과 의지를 승화시켰다.

이밖에도 1931년에는 무궁화 동산 노래를 만들어 학생들에게 가르쳤다.

백화가 만발한 무궁화 동산에~

그러던 중에 1933년 11월 4일 일본 경찰에 의해 70,000주의 무궁화가 불태워지는 무궁화 동산 사건이 일어났다.

그는 일제에게 보안법 위반으로 체포돼 1년 복역에 3년 집행유예를 받고 옥살이를 하게 된다.

1935년 7월 병 보석으로 8개월 옥살이 끝에 석방 되긴 했지만

아버님.

옥살이와 모진 고문의 후유증으로 건강을 회복하지 못하고

콜록

1939년 자택에서 끝내 온 몸을 던져 염원했던 독립을 보지 못한 채 영면한다.

남궁 억 선생이 21살 되던 해, 당시로서는 사람들이 영어에
별로 관심을 기울이지 않던 때에 관립영어학교에 입학하여 9개
월간의 과정을 수료하고, 그 당시 우리나라 외교고문으로 와있
던 묄렌도르프가 고문으로 있는 총해관에 견습생으로 들어간
다. 그는 이를 통해서 신문학을 접하고 배우게 되는 계기가 되
고 관직에 나아가는 발판을 마련한다. 1886년에는 묄렌도르프
의 추천으로 내부주사 겸 고종高宗의 영어통역관이 되고, 1887
년에는 외교사절 조민희의 통역서기관으로 임명된다.

그가 교육계에 처음으로 발을 들여놓은 것은 1895년 내부토
목국장 시절이었다. 그는 갑오개혁 내각에서 토목국장으로 재
직 당시, 좁고 구불구불한 서울의 종로거리와 정동거리를 시원
스럽게 똑바로 뚫고 탑골공원(파고다공원)을 조성했다. 그렇게 바
쁜 와중에서도 야간에는 홍화학교에 나가 학생들에게 영문법과
국사를 가르쳤다. 홍화학교는 1895년에 민영환이 설립해 애국
심과 신문화사상을 가르치며 민족교육을 하던 곳이었다. 그는
개화파의 대표적인 사람 중에 한 사람이었으나 정치보다는 교
육에 관심이 많아 학생들에게 불같은 열정으로 개화사상과 애
국정신을 고취시켰다.

1896년에 결성된 독립협회에서 그는 수석총무 겸 사법위원을
맡아 독립문·독립관 건립, 독립신문·독립협회회보 발간 등의 사
업을 활발히 추진했다. 이때에 발행된 독립신문은 한글판과 영

〈독립신문 한글판〉

〈독립신문 영문판 The Independent〉 독립신문은 한 페이지를 영문으로 제작하여 외국인들에게 한국의 사정을 알리도록 하였다. 첫 해에는 한글판과 영문판이 한 신문에 붙어있었으나 이듬해인 1897년 1월부터는 두 개의 신문으로 분리됐다. 통상적으로 독립신문이라 부를 때에는 한글판과 영문판으로 된 두 개의 신문을 지칭한다.

문판 두 종류가 있었는데, 그는 영문판 신문의 편집 책임자였다. 독립협회에서 민권운동에 힘쓰던 그는 1898년 11월 '독립협회 17인 지도자 피수被囚 사건'으로 구금되었다가 석방되는가 하면, 다시 12월 '독립문 격문 사건'으로 독립협회가 해산될 때에는 숨어 지내야만 했다. 이후 독립협회 운동이 실패로 돌아가자 언론계에 투신한다.

그는 1898년 9월 5일 독립신문을 편집한 경험을 되살려 황성신문 사장 겸 주필로 취임한다. 신문을 통해 정부의 부패함을 비판함과 동시에 정치를 똑바로 할 것을 경고하고, 민족의 의식계몽에 주력했다. 또한 조선 재건의 지름길은 개화를 통해 새로운 서구 문물을 적극적으로 받아들임이 옳다고 주장했다.

1902년에는 일본이 러시아와 한반도 분할 안을 토의하는 것을 폭로하여 일제의 침략 야욕을 세상에 낱낱이 폭로한다. 이 사건으로 인해 그는 일제에게 끌려가 심한 고문을 받고 사장직을 사임하게 된다. 그리고 이때 받은 고문으로 그는 병약한 몸이 되고 만다. 하지만 가슴 속에 뜨겁게 불타오르는 항일정신만은 더 거세어져갔다.

남궁 억 선생이 받은 고문을 말할 때 빼놓을 수 없는 사건이 하나 있는데, 선생이 황성신문 사장 겸 주필로 있을 때의 일이다. 유동근이란 자가 선생이 일본에 망명 중인 박영효, 유길준 등과 내통하면서 역모를 꾀하고 있다고 허위로 밀고를 한다. 그

로인해 4월부터 4개월 동안 구속되어 무지막지한 고문을 받게 되는데, 끝내는 선생의 성기에 불심지를 다는 극악무도한 행동까지도 서슴지 않았다. 선생은 이 고문으로 끝내 성불구가 되고야 마는 고통을 당했지만 이에 굴하지 않고 무고를 주장했다. 결국 일본인들은 선생을 석방할 수밖에 없었다. 이처럼 일본인들이 처음부터 말도 안 되는 죄를 뒤집어 씌워 선생을 체포한 목적은 다른 데 있었다. 겁을 주어 눈엣가시처럼 사사건건 물고 늘어지는 황성신문의 필봉을 무디게 하려는 의도였다. 하지만 황성신문은 이후에도 변함없이 민족지로 성장을 거듭했다. 일제는 선생을 성기에 단 불심조로도 용암처럼 뜨겁게 불타오르며 솟구치는 애국심을 잠재우지 못했던 것이다.

또 한 번은 신현규라는 자가 홍천경찰서에서 선생을 심문하는데 어찌나 선생의 태도가 당당한지 선생을 취조하는 신현규라는 자의 모습이 애처로울 지경이었다. 그때 옆에서 선생을 취조하는 것을 지켜보던 도미다라는 일본인 서장이 감복해 선생을 서장실까지 모시고 가 다과와 차 등을 대접하며 호의를 베풀었다. 이때 신현규와 선생이 나눈 심문 내용을 보면 선생의 대쪽처럼 꼿꼿한 자세의 일면과 일본이 반드시 망하고야 말리라는 확신을 읽을 수 있다.

신현규 : 지금 조선을 독립시켜준다면 능히 유지해 나갈 수 있다고 보는가?

남궁 억 : 당신 역시도 우리가 5천년 역사와 문화가 있는 민족임을 알진대 어찌 무능한 민족으로 보는 것인가?

신현규 : 조선이 꼭 독립되리라 확신하는가?

남궁 억 : 우리 민족은 자고로 남의 민족에게 침략을 당한 적은 없고 혹은 침입을 당한 적은 있으나 오래가지 못했던 것이니 꼭 독립이 오리라고 확신한다.

신현규 : 독립이 된다면 언제 되리라 보는가?

남궁 억 : 그리 멀지 않으며 임박해 간다고 본다.

신현규 : 그걸 어떻게 아는가?

남궁 억 : 내가 보기에 일본이 지나치게 자신을 갖고 있으며 여러 열강국을 멸시하기 때문이다. 일본이 너무 약하여 하나님의 심판이 있을 것이다.

도미다 서장 : 나는 선생을 잘 이해하고 있소. 그러나 대세는 이미 기울었고 조선인도 대부분이 일본을 따라야 한다는 것을 이해하고 있는 것이 아니요. 그러니 선생도 이번에 생각을 바꾸어 전환할 생각은 없소?

남궁 억 : 내 나이가 70이고, 다 살은 몸인데 전환을 한다면 개가 웃을 일이오. 어서 법대로 하기를 바랄 뿐이오.

지금 조선을 독립시켜 준다면 능히 유지해 나갈 수 있다고 보는가?

우린 5천년 역사와 문화가 있는 민족인데 어찌 무능한 민족으로 보는가?

조선이 독립 되리라 확신하는가?

우리 민족은 남의 민족에게 침략을 당한 적이 없다. 침입 당한적은 있으나 오래가지를 못했던 것이니 꼭 독립은 오리라고 확신한다.

그럼 독립이 언제 되리라 보는가?

그리 멀지 않으며 임박해 간다고 본다.

그걸 어떻게 아는가!

일본이 지나치게 자신감을 갖고 있으며 여러 열강국을 멸시하기 때문이다. 일본이 너무 악하여 하나님의 심판이 있을 것이다.

빠각

대세는 이미 기울었고 조선인 대부분도 일본을 따라야 한다고 이해하고 있소. 이번에 선생도 생각을 전환할 마음은 없소?

내 나이가 70이고 다 삭은 몸인데...전환을 한다면 개가 웃을 일이오.

어서 법대로 하길 바랄 뿐이이오. 허허허.

갱갱갱

1905년 을사조약이 체결되자 전국적으로 애국계몽운동이 전개되고 그는 대한협회장을 맡아 운동의 핵심에 선다. 하지만 망국으로 치닫는 조국의 운명은 1910년 일제가 토지를 강제로 약탈하고 농민들은 정든 고향을 등지고 간도 땅으로 쫓겨 가는 신세가 된다.

모두가 울분에 차 있을 때, 그는 이러한 상황에서는 무엇보다 자기 분수에 맞게 각자의 일에 충실 하는 것이 조국의 광복을 다시 찾는 길이라 생각한 나머지 여성교육에 치중하기로 마음의 결정을 내린다. 당시로서는 여성교육을 등한시했으나 그는 그것이 얼마나 중요한 일인가를 알고 있었던 것이다.

그의 나이는 어느덧 50에 접어들고 있었고 무궁화를 통한 애국심 함양과 여권 신장에 온 힘을 기울였지만, 그런 연유로 교단을 떠나 서울을 등지고 강원도 홍천으로 낙향해야만 했다. 홍천에 자리를 잡은 그는 모곡리 고향 마을에 교회를 짓고 주일학교를 개설했다. 그 뒤, 새 교실을 짓고 초등학교 인가를 받은 것은 60살이 되던 해였다. 그는 학교 뒤뜰에 7만주나 되는 무궁화밭을 일구어 묘목을 전국에 몰래 나누어 주기 시작했는데, 전국의 사립학교나 교회 혹은 민간단체에 보내졌던 무궁화 묘목이 무려 30만 주에 달했다. 또한 무궁화동산 등 무궁화와 관련된 노래를 만들어 널리 퍼트리며 잠들어 있는 민족정신을 일깨우는데 노력했다. 민족정신을 일깨우는데 무궁화만한 상징물이 없다고 생각한 그는 온 정열을 무궁화보급운동과 무궁화 노래를 알리는데 바쳤다.

그는 이런 와중에서도 『동사략』이라는 역사책을 쓰고, 『조선이야기』라는 동화를 통해 국사를 가르쳤으나 국사 교육이 점점 어려워지자 『조선어 보충』이라는 한글 책에 국사 이야기를 담아 가르쳤다. 그러나 일제의 날카로운 감시 눈초리에 걸려든 그는 1933년 11월 4일 '무궁화동산사건'으로 옥고를 치르게 된다. 일본 경찰의 생사를 넘나드는 모진 고문을 받아 그 영향으로 1939년 4월 5일 77세로 생을 마감한다.

독립운동가와 정치가로서의 길

1896년 독립협회는 창립총회를 가졌다. 이때 채택된 회칙을 살펴보면 협회의 사업 목적이 독립문과 독립공원 건립에 국한되어 있다. 당시 그는 독립협회 수석 총무와 사법위원으로서 국가와 민족을 위하여 헌신했다.

홍천 모곡리 '무궁화동산사건'은 1930년대 기독교인의 민족문화수호운동과 관련된 유명한 것이었다. 이 사건은 일제 민족정신을 말살하기 위해 일장기와 벚꽃을 적극 보급하고 장려하는 것에 항거하기 위해 홍천 모곡리에 감리교회를 세우고 전도

사로 시무하면서 동지들과 더불어 무궁화 묘목을 비밀리에 전
국에 배포한 사건이었다. 그는 교회 내에 4년제 보통학교도 설
립하여 민족교육에 박차를 가했다.

선교활동과 민족교육과 무궁화심기운동을 대대적으로 벌여
가자, 일제는 무궁화 묘목 7만주를 불태우고 그를 구속한 다음
교회 내의 보통학교는 공립학교로 강제 편입시켜 버렸다. 그가
주축이 된 이 운동들은 비폭력적인 방법을 통해 겨레의 저항의
식을 상징적으로 강하게 보여줬던 사건이었다.

〈정원에 핀 무궁화 앞에서 찍은
남궁 억 선생〉

역사가와 교육자로서의 길

그의 활동과 업적 중에서 국사를 기록했다는 점은 그를 연구하는 입장에서 보면 상당히 흥미롭고 의미 있는 중요한 일이다.

1906년 7월 20일. 그는 평의회를 조직하여 기부금을 모으고 문중의 재산까지 처분해 현산학교를 설립한다. 당시 학교에서 가르치던 과목은 영어, 음악, 산수, 역사, 일본어, 국문, 한문 등이었는데 그는 영어와 음악을 가르쳤다. 1907년 고종이 일본에 의해 강제로 양위 당하고 정미칠조약이 체결되자 서울로 올라

오게 된다. 그 해 11월 17일, 항일 독립단체로서 일본에 항거해 온 대한자강회가 대한협회로 재탄생하는 창립총회에서 회장으로 당선된다. 그는 1908년 12월, 회장직을 사임할 때까지 대한협회의 강령인 국부증강을 위해 교육제도개선, 국민 기본권의 발전에 온 힘을 쏟았다. 그의 일환으로 1908년 6월 25일에는 「교육월보」라는 통신 교육지를 발행했는데, 이는 학교를 다니지 못하는 이들이 학교 밖에서 신문학을 공부할 수 있도록 한 통신강의록이었다. 1910년 8월 29일, 한일합방이 되자 인간의 한계를 느낀 나머지 기독교에 입교하게 된다. 이후 그가 지은 시와 노래 등을 보면 곳곳에 기독교 사상이 깔려있음을 알 수 있다. 그에게 있어 기독교가 사상적으로 얼마나 큰 영향을 주었나를 알 수 있는 증거이다.

사마귀 싸오는 고레 빅로야 갓지마라
셩낸 사마귀 흰빗츨 새오나니 창파에
조히 씻은 몸을 더레일까 하노라

이몸이 죽어죽어 일빅번 곳쳐 죽어
빅골이 진토되여 넉시라와 잇고업고 임향
일편단심이야 가실줄이 이시랴
鄭夢周의 母親
鄭夢周

철령 높은 봉에 쉬어넘는 저 구름아
고신원루를 비삼아 띄어다가 임계신
구중심처에 쁘려본들 어떠리
李恒福

〈남궁 억 선생의 궁서체 글씨〉

그는 독립신문을 만들 때에도 우리나라 여성교육의 필요성을 여러 차례 강조한 바 있다. 배화학당에 재직하던 8년 동안은 국문법, 영문법, 궁체국문서법, 가정교육, 조선역사 등을 가르치며 애국여성상과 현모양처상을 갖춘 여성을 길러내는 교육에 혼신의 힘을 쏟았다. 당시 그는 자신의 교육이념이 절절이 배어 있는 교가를 지어 가르치고, 애국애족의 마음을 심어줄 수 있는 교과목은 자신이 직접 교과서를 집필해 가르쳤다. 그 예로 한글의 우수성을 알려주는 국문법 교재로『조선어법』을, 한글 붓글씨 교과서『신편언문체법』을 저술했다. 그때는 한문만 붓글씨로 쓰고 한글은 붓글씨가 대중화되지 않았었는데 신편언문체법은 순 한글로 되어 있어 그 뜻이 크다 하겠다. 또한『가정교육』도 저술해 가르쳤는데 그 내용을 살펴보면 현재 가정학교과서와 유사한 내용이 많다.

일제는 그들의 교과서에 우리나라 지도를 누에가 뽕잎을 갉아 먹는 모양으로 그려 놓고 암암리에 그들의 침략이 당연하다는 것과 대한민국 국토 자체를 부정하려 하였다. 이런 작태를 본 남궁 억 선생은 호랑이가 뒷발로 만주를 내차고 앞발을 들어 일본을 내리치는 지도를 그려 교회의 성탄절과 같은 행사 때 강단에 걸었다. 그리고는 아이들이 한 사람씩 나와 지도 위에 색칠을 하게 함으로써 민족정신을 잃지 않도록 가르쳤다. 이런 내용을 노

래로도 만들어 부르게 했는
데 그 곡이 '조선지리'였다.

한편 한반도 모양의 무궁
화 가지에 조선 13도를 상징
하는 13송이 무궁화를 수놓
을 수 있는 무궁화 삼천리라
는 수본繡本을 만들었다. 수
본을 만든 것은 여성들이 한
반도 지도 위에 무궁화를 수
놓으면서 조국과 민족을 다
시 한 번 생각하게 하고 항

〈무궁화자수도〉

일의식을 심어주기 위해서였다. 이렇게 수놓아진 무궁화 삼천
리는 태극기와 함께 미국으로 보내져 교포들에게 조국애를 심
어주는 역할을 했다. 하지만 얼마 후에 이를 불온하다고 여긴
일제에 의해 모두 압수당하는 수모를 겪게 된다.

1918년 12월, 그는 급격히 쇠약해진 몸을 추스르기 위해 선
향인 강원도 홍천군 서면 모곡리로 낙향한다. 선향인 모곡리에
내려온 그는 주변에 교회가 없음을 알고 사재로 열 칸짜리 교
회를 건축하고, 그 안에 농촌 청소년의 교육을 위해 4년제 보
통학교 정도의 학과를 가르치는 모곡학교를 개설한다. 1923년
3월, 드디어 1회 졸업생을 배출하면서 학생들이 날로 늘어 그

해 9월에는 약 100여 평의 신교사와 기숙사를 사회유지들의 모금으로 짓는다. 훗날인 1925년 3월에는 이 학교가 6년제 사립보통학교로 인가를 받게 된다.

그의 교과서 저술이 절정에 달한 것은 역사 부분이었다. 1922년에서 1924년에 걸쳐 『동사략』을 집필했는데, 1권은 단군 조선 건국 때부터 신라 말까지, 2권은 고려 초부터 공양왕까지, 3권은 조선 초부터 철종까지, 4권은 순종까지의 이야기를 서술했다. 동사략을 저술한 지 5년 뒤인 1929년에는 『조선이야기』를 저술했는데, 이 책은 『동사략』을 청소년들이 쉽게 이해할 수 있도록 풀어 쓴 것이었다. 그는 이 책의 서문에서 중국을 숭상하고 우리의 역사를 천대시, 학대시 했던 선대 사가史家들의 역사 서술 태도를 비판하며 주체적인 민족정신을 알리기 위해서 썼다고 밝혔다.

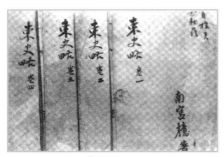

『동사략』

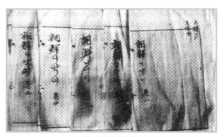

『조선이야기』

그가 저술한 『조선이야기』를 사학사적 평가로 보면 한말, 일제 강점기를 걸쳐서 국한문 혼용으

118

로 이만큼 방대한 분량(1290페이지)에 군왕부, 정치부, 문예부, 질의부 등 4부로 나누어 한국사를 전반적으로 다룬 책이 없다는 점이다. 이런 역사가적 관점에서 볼 때, 그의 위치는 높이 평가되어야 할 것이다. 방대한 분량도 그렇지만 민족사가로서의 올곧은 정신을 가지고 쓰여진 그의 역사서는 암울한 시기를 견뎌내던 우리 민족에게 자긍심과 함께 주체의식을 심어주었다는 측면에서도 대단한 일이었다. 특히 어린이를 위한 역사이야기를 썼다는 점은 그가 장차 이 나라를 짊어지고 나갈 미래의 새싹들을 위해 얼마나 깊은 교육적 관심과 심혈을 기울였는지를 엿볼 수 있다.

그가 참 교육자였다는 것을 알 수 있는 것 중에 하나는 모곡학교 교과 과정에는 실업과 특별활동이라는 특기할 만한 교육이 있었다는 점이다. 실업은 농촌 청소년들에게 실질적인 농촌생활을 체득시켜주기 위해서였는데, 주로 묘포苗圃일이었다. 묘포에는 뽕나무와 무궁화가 심어졌는데, 무궁화가 묘목일 때에는 뽕나무와 비슷하기 때문에 학교 재정을 보충한다는 이유를 들어 함께 심었다. 이렇게 뽕나무로 위장된 무궁화 묘목은 해마다 수만주씩 각 지방의 사립학교와 교회 및 사회단체로 보내져 전국 방방곡곡에 심어졌다.

묘포 일 외에도 그는 학생들과 함께 공한지에 나무 심기, 마을의 교량 보수, 도로 공사 등을 했다. 이는 평소에 그가 주장하던 '내 마을은 내 손으로'라는 교육철학을 실천한 것이다. 특별활동으로는 독서회, 토론회, 웅변대회를 열었는데, 토론회와 웅변대회의 제목은 민족의식고취와 생활개선 등이 주를 이루었다. 이 밖에 등산, 수영 등의 단체훈련도 실시했는데, 이는 협동정신과 인내심을 길러주기 위해서였다.

그 당시 민족의 선각자들은 지금까지 해왔던 여러 가지 운동에 대한 반성을 통해 교육 기회의 확대를 위한 학교 증설, 한국인 교육의 차별 대우 폐지, 교육 용어에 한국말 사용하기, 한국사 학과목 개설 등을 줄기차게 주장했다. 이와 함께 한국인의 고등교육을 통한 근대적 기술습득과 그로 인한 민족의 역량을 강화하기 위해 '민립대학 설립운동'을 전개하기 시작했다.

선각자들의 이러한 인식 아래 구한말 국채보상운동을 전개하면서 남궁 억은 양기탁, 조만식, 박은식 등과 함께 모금한 600만 원을 기금으로 보성학교(전문학교)를 대학으로 발전시키기 위해 추진을 시도했지만 일제의 '식민지고등교육억제정책'에 밀려 결국은 뜻이 좌절되고 말았다.

그는 교육 방법에서도 특별한 교육이념을 가진 교육자였다. 그때까지 전통적으로 관습처럼 되어왔던 암기식 교육을 배척하고 체현體現 교육을 주장했다. 감각의 생활보다는 정신생활에서 생의 가치를 탐구할 수 있는 인격의 완성을 교육의 목표로 삼았던 것이다. 여성교육의 당위성과 필요성을 주장하고 조국의 근대화를 위한 과학교육의 중요성을 주장한 그의 교육이념은 지금 생각해도 가장 옳은 교육의 접근법이었다.

그는 일찍이 무궁화에 우리 민족의 정신이 깃들어 있음을 믿고, 배화학당 여학생들에게는 무궁화를 수놓게 하고, 모곡학교에서는 무궁화 묘목을 길러서 전국에 나눠주며 나라 잃은 설움과 시름을 달랬다. 훗날 그는 이러한 사건으로 옥고와 심한 고문을 받게 된다.

rose of sharon · **rose of sharon** · rose of sharon

5

예술로 승화된 무궁화 꽃 이야기

나라마다 나라꽃이 있고, 미국은 주州마다 주의 꽃이 정해져 있다. 우
리나라에서도 법으로 정한 일은 없지만 자연스럽게 무궁화가 국화가
되었고, 국민들은 이 꽃을 사랑해 왔다.

rose of sharon · rose of sharon · rose of sharon

노래

무궁화 행진곡

– 윤석중 작사·손대업 작곡

무궁무궁 무궁화 무궁화는 우리 꽃

피고지고 또 피어 무궁화라네

너도나도 모두 무궁화가 되어

지키자 내 땅 빛내자 조국

아름다운 이 강산 무궁화 겨레
서로 손잡고서 앞으로 앞으로
우리들은 무궁화다.

우리나라 꽃

– 함이영 곡

무궁화 무궁화 우리나라꽃
삼천리 강산에 우리나라꽃

피었네 피었네 우리나라꽃
삼천리 강산에 우리나라꽃

무궁화 새로 피네

– 이홍렬 작사

거룩한 배달의 아들이 사는

이 땅에 무궁화 새로 피네.
힘차게 싹트는 신생의 기상
이 땅에 무궁화 새로 피네
예부터 길러온 지혜 덕성
이 땅에 무궁화 새로 피네
그 향기 누리에 퍼지도록
정성껏 받드세 이 나라 이 땅.

귀국선

– 손호원 작사, 이재호 작곡

돌아오네 돌아오네 고향산천 찾아서
얼마나 외쳤던가 무궁화 꽃을 얼마나 외쳤던가 태극깃발을
갈매기야 웃어라 파도야 춤춰라 귀국선 뱃머리에 희망도 크다

(해방 후 고국을 떠나 있는 사람들의 귀국을 노래로 함)

꽃 중의 꽃

– 서일수 작사, 황문평 작곡

1. 꽃 중에 꽃 무궁화 꽃 삼천만의 가슴에 피었네 피었네 영원히 피었네 백두산 선상봉에 한라산 언덕 위에 민족의 꽃이 되어 아름답게 피었네

2. 별중의 별 창공의 별 삼천만의 가슴에 빛나네 빛나네 영원히 빛나네 이강산 온누리에 조국의 하늘 위에 민족의 별이 되어 아름답게 피었네

(널리 불리었던 대중가요의 하나, 대중가요의 건전한 모습으로 나라꽃 무궁화에 대한 국민의 사랑을 표현)

무궁화

– 심수봉(작사·작곡·노래)

이 몸이 죽어 한줌의 흙이 되어도
하늘이여 보살펴 주소서
내 아이를 지켜주소서

세월은 흐르고 아이가 자라서
조국을 물어오거든
강인한 꽃 밝고 맑은 무궁화를 보여주렴

무궁화 꽃이 피는 건 이 말을 전하려 핀단다
참으면 이긴다 목숨을 버리면 얻는다
내일은 등불이 된다 무궁화가 핀단다

날지도 못하는 새야 무엇을 보았니
인간의 영화가 덧없다 머물지 말고 날아라
조국을 위해 목숨을 버리고
하늘에 산화한 저 넋이여
몸은 비록 묻혔으나 나랄 위해 눈을 못 감고

무궁화 꽃으로 피었네 이 말을 전하려 피었네
포기하면 안 된다 눈물 없이 피지 않는다
의지다 하면 된다 나의 뒤를 부탁한다

애국지사의 노래
– 작가미상

1. 양자강 푸른 물에 낚시 드리고 독립에 시절 낚던 애국지사들 한숨과 피눈물로 물들인 타향 저 밝은 저녁달이 몇 번이더냐

2. 가슴에 맺힌 한을 풀길이 없어 산 설고 물선 땅에 수십 년 세월 목숨이 시들어서 진토가 된들 배달민족 품은 뜻을 버릴까 보냐

3. 의분과 인내 속에 강은 더 흘러 내일의 기쁨 날을 맞이하려는 자유와 독립의 힘찬 종소리 무궁화 삼천리에 울려 퍼지리

(1920년대 상해에서 활동하던 애국지사들과 만주독립지사들이 부르던 노래)

혁명의 노래
- 김학규 작사, 한국민요

1. 석탄 백탄 타는데 연기가 펄펄 나구요 이내 가슴 타는덴 연기도 김도 없구나

2. 서울 장안 타는데 한강수로 끄련만 삼천만 가슴 타는덴 무엇으로 끄려나

3. 왜놈의 지원병 죽으면 개떼죽음 되고요 독립군이 죽으면 혁명의 열사가 되누나

4. 탓는 말은 가자고 말굽질을 하는데 정든 임은 붙잡고 사정사정을 하누나

5. 부사산이 떠나서 태평양 보탬 되고요 무궁화가 피어서 우주의 향기가 되누나
   에헤야 에헤야 에헤야 혁명의 불길이 타 오른다

(광복군 노래로 일명 〈광복군 석탄가〉, 일제 말엽 『대한매일신보』, 『항일민족시집』에 게재)

서울 YMCA 회가(청년의 노래)

– 최남선 작사, 권길상 작곡

1. 청년은 나라 보배 시대의 자랑 깨끗한 영혼과 몸 바른 슬기
로 세상의 소금이요 등불 되도록 의롭고 아름다운 환경을 주자

2. 영원한 광명의 땅 무궁화 반도 화랑의 옛날부터 청년의 나
라 반만 년 빛낸 전통 뒤를 이어서 진선미 반석의 터 닦은 우리들

3. 씩씩한 우리 정신 튼튼한 팔뚝 손대어 못 할 일이 무엇이리
오 더하는 주의 권능 열리는 어둠 영광은 하느님께 공은 나라에

4. 앞서며 뒤따르며 내키는 걸음 먼양한 우리 목표 가까워진다
세 귀틀 참을 두른 깃발의 아래 우리와 발맞추는 세계가 있다

(일제시대에 서울 YMCA 회원들에게는 물론 일반인들에게도 널리 애창됨)

한국 보이스카우트 연맹가

– 전병의 작사

1. 송이송이 무궁화 우리 소년들 피어라 이 강산의 겨레 위하여

2. 방울방울 피와 땀 우리의 노력 흘려라 숨지도록 나라 위하여

3. 가지가지 고난도 우리 힘으로 이겨라 인류 사회 평화 세우

세 닦고 갈아 무쇠같이 뭉쳐라

겨레여 차려 있어 힘과 절개 온 세계 비추리

(해방 후 결성된 한국 보이스카우트 단가)

윤봉길 의사의 자작민요
– 『한국민요문학론』에서 발췌

무궁화 삼천리 우리 강산에 왜놈은 왜 와서 왜 광분하는가

되놈은 되와서 되가는데 왜놈들은 왜 와서 왜 아니가나

피 끓는 청년 제군들아 잠만 자는가

(윤봉길 의사가 김구 선생 앞에서 마지막으로 남긴 노래 가사)

시

무궁화 예찬

− 남궁 억

금수강산 삼천리에 각색 초목 번성하다
춘하추동 우로상설 성장 성숙 차례로다.
초목 중의 각기 자랑 여러 말로 지껄인다.
복사 오얏 변화해도 편시춘이 네 아닌가.
더군다나 버찌 꽃은 산과 들에 번화해도

열흘 안에 다 지고서 열매조차 희소하다.
울 밑 황국 자랑소리 서리 속에 꽃 핀다고
그러하나 열매있나 뿌리로만 싹이 난다.
특별하다 무궁화는 자랑할 말 하도 많다.
여름 가을 지나도록 무궁무진 꽃이 핀다.
그 씨 번식하는 것 씨 심어서 될뿐더러
접붙여서 살 수 있고 꺾꽂이도 성하도다.
오늘 조선 삼천리에 이 꽃 희소 탄식마소
영원 번창 우리 꽃은 삼천리에 무궁하다.

무궁화동산

－ 남궁 억

우리의 웃음은 따뜻한 봄바람
춘풍을 만나 따뜻한 동산
우리의 눈물이 떨어질 때마다
또 다시 소생하는 이천만
빛나거라 삼천리 무궁화동산
잘 살아라 이천만의 고려족
백화가 만발한 무궁화동산에

미묘히 노래하는 동무야

백 천만 화초가 노는 것 같이
즐거워라 우리 이천만

무궁화

– 김석겸

아련한 자태의
그 심오함은
백의 얼의 자랑이며
강인한 뿌리는
유구한 역사의 어머니시며
그 우아한 품위의 꽃잎은
영원한 평화를 구가함이니
오묘한 빛깔이
겨레구심의 민족신앙이외다
당신께서
위대한 민족성을 배웠고
내 나라가 소중함을 알았소이다
"무궁화 삼천리 화려강산"에
애국가 노래하는 겨레 가슴에
영원히 심고 가꿀 것이외다

무궁화

– 박두진

빛의 나라 아침 햇살 꽃으로 핀다.
머나먼 겨레 얼의 굽이쳐 온 정기,
밝아라 그 안의 빛살
은은하고 우아한,
하늘 땅이 이 강산에 꽃으로 핀다.
초록 바다 아침 파도 물보라에 젖는다.
동해, 서해, 남해 설렘 오대양에 뻗치는,
겨레 우리 넋의 파도 끓는 뜨거움,
바다여 그 겨레 마음 꽃으로 핀다.
무궁화, 무궁화,
낮의 해와 밤의 달
빛의 나라 꿈의 나라 별의 나라
영원한 겨레 우리 꿈의 성좌 끝없는 황홀,
타는 안에 불멸의 넋 꽃으로 핀다.
그 해와 달
별을 걸어 맹세하는 우리들의 사랑,
목숨보다 더 값진 우리들의 자유,
민주, 자주, 균등, 평화의 겨레 인류 꿈,
꽃이여 불멸의 넋 죽지 않는다.

- 1986년 독립기념관 본관 바로 뒤의 무궁화 시비詩碑에 쓰여진 시. 동아일보사 창간 66주년 기념사업의 하나로 독립기념관 경내에 조성한 무궁화 동산에 세운 것으로 무궁화 시비로는 최초의 것.

유몽인의 시

七十老孀婦 單居守空題 칠십노상부 단지수공호
慣讀女史時 頗知姙似訓 관독녀사시 파지임사훈
傍人勸之嫁 善男顔如樓 방인권지가 선남안여근
白首作春容 寧不愧脂粉 백수작춘용 영불괴지분

청상과부가 일흔 살 할머니 되었네
그 긴 세월 홀로 안방 지키고 알아 왔네

여사女史의 시도 틈틈이 읽었고
임사姙似의 가르침도 몸에 배었네

가까운 사람들이 팔자 고치라면서
홀아비 그 사내는 마치 무궁화 같다네

흰 가락 주름살에 젊은 티를 내려들면
분가루 향기름이 모두 나를 비웃겠지?

(유몽인(1559-1623).조선 14대 선조 때의 문신·문장가. 그의 저서 『어우야담』에 수록. 시 제목은 「상부懶歸」.광해군을 폐위시키고 왕위에 오른 인조가 그를 부르자 '충신불사이군忠臣不事二君'의 뜻으로 지은 시. 자신의 절개를 일흔의 상부에 빗대어 노래.)

우리 무궁화 꽃
 – 홍해근

어제 오늘 내일

"가슴 속에 있는 꽃
우리 무궁화 꽃

피보다 진한 겨레 꽃
우리 무궁화 꽃"

님의 꽃 무궁화
나의 꽃 무궁화

우리 꽃 무궁화 꽃
우리 무궁화 꽃

무궁화에 얽힌 이야기

중국 당나라 현종 때였다. 왕은 양귀비의 어여쁜 자태에 흠뻑 빠져 그녀의 치마폭에서 헤어나지를 못했다. 현종은 양귀비가 환하게 웃으며 즐거워하는 모습을 보고자 하였지만, 그녀의 얼굴은 언제나 수심이 가득하거나 찌푸리고 있었다. 그걸 옆에서 지켜보는 왕의 마음이 편할 리가 없었다.

왕은 양귀비의 웃는 얼굴을 보기 위해 세상에서 진귀하다는

140

온갖 보석을 선물하고 으리으리하고 예쁜 궁까지 지어 주었지만 역시 양귀비는 즐거워하거나 웃지 않았다. 왕은 화가 났다. 무소불위의 절대 권력을 쥐고 있어 자신의 명령 한 번이면 몇백 명의 목숨도 단번에 빼앗을 수 있는 위치였지만, 그런 권력의 힘을 빌려 양귀비를 억지로 웃게 하고 싶지는 않았다. 단 한 번이라도 좋으니 양귀비가 진정으로 좋아서 활짝 웃는 모습을 보고 싶었다. 왕의 그런 모습을 옆에서 지켜보던 재간이 뛰어난 신하가 왕에게 말했다.

"대왕마마, 제 생각으로는 비妃 마마의 처소 근처에 아름다운 꽃들을 가득 심었으면 합니다. 그러면 나비와 벌들이 쌍쌍이 날아들 것이고, 활짝 핀 꽃과 벌 나비가 쌍쌍이 정답게 어우러지는 모습을 보면, 비 마마도 대왕마마의 그 정성어린 마음을 깨닫고 마마에 대한 그리움이 저절로 우러나 얼굴에 웃음이 피어날 것이옵니다."

"옳거니! 네 말이 그럴 듯하구나."

왕은 당장 명령을 내려 양귀비의 처소 근처에 전국에 있는 예쁘고 귀한 모든 꽃을 심도록 하였다. 때는 화창한 봄인지라 양귀비 처소 근처와 연못과 동산에 있는 꽃들은 앞 다투어 피기 시작했다. 왕은 양귀비의 처소를 방문해 그렇게 핀 꽃과 쌍쌍이 어우러진 벌과 나비들을 보며 흐뭇해했다.

그러던 중 이상한 꽃나무 하나를 발견했다. 모든 꽃나무와 화초들이 만발한 데도 그 꽃나무만은 꽃은 고사하고 아직 잎도 트이지 않은 채 죽은 듯이 있기 때문이었다. 왕은 화가 머리끝까지 나서 명령했다.

"여봐라, 당장 저 괘씸한 나무를 궁궐에서 내쫓아 버리도록 하라!"

신하들은 서둘러 그 꽃나무를 캐내기 시작했다. 그리하여 모든 꽃들은 궁 안에 있건만 이 꽃나무만은 궁궐 밖으로 쫓겨나야만 하는 신세가 되었다. 왕은 뽑혀진 꽃나무를 보며 명했다.

"저 나무는 앞으로 궁宮에 없는 꽃나무가 될 터이니 무궁화無宮花라 부르거라!"

그때부터 봄에 꽃을 피우지 않은 꽃나무는 왕명으로 무궁화라 불리게 되었다.

울타리 꽃이 된 무궁화

먼 옛날, 어느 작은 마을에 아름다운 아낙네가 살고 있었다. 그녀는 빼어난 인물도 인물이지만 글도 잘 쓰고 시도 잘 짓고 노래도 잘 하고 기품마저 있었다. 한 가지 흠이라면 그처럼 모든 걸 갖춘 여자가 가난한 장님 선비를 지아비로 모시고 살고 있다는 점이었다. 장님인 지아비를 어찌나 극진히 모시는지 마을 사람들은 부러우면서도 시샘이 날 정도였다. 장님 역시 그녀를 어찌나 끔찍이 사랑하는지 잠시라도 옆에 없으면 안절부절 못하고 찾았다.

소문은 퍼져나갔고 돈 많은 갑부나 권력을 가진 사람들은 얼마나 예쁜지 보려고 그녀집 주변을 기웃거렸다. 그렇게 그녀를 한번 훔쳐 본 사내들은 상사병이 걸릴 정도로 마음이 흔들렸다. 사내들은 어떻게든 그녀를 꾀이려고 온갖 수단과 방법을 동원했다. 하지만 그런 유혹과 회유와 협박에도 그녀는 조금치도 흔들림이 없었다. 오로지 장님인 지아비만을 위해 헌신을 다했다.

그러던 중 새로 부임한 성주가 소문을 듣고 그녀를 성으로 데려오게 했다. 가마에서 내리는 그녀를 본 성주는 자기 눈을 의심했다. 안방마님들처럼 곱게 화장하고 비단옷은 안 입었지만 단정하게 빗어 넘긴 긴 머리에 깨끗한 얼굴, 수수한 베옷을 입은 그녀의 모습은 아침이슬을 머금고 막 피어나는 들꽃과 같았던 것이다.

'아니, 하늘의 선녀가 따로 없구나. 내 생전에 저토록 아름다운 여인을 못 적이 없었다. 내 기필코 저 여인을 내 여자로 만들고야 말리라.'

성주는 그날부터 그녀를 꾀이기 위해 온갖 정성을 다했지만 요지부동이었다.

"그대는 어찌 그리 내 말을 거역하느냐. 나와 인연을 맺으면

넌 이 세상 어느 여인보다도 행복해질 수 있다하지 않았느냐.”

성주는 화가 났지만, 끝까지 참으며 그녀를 달래고 때론 애원까지 했다. 그러나 그녀는 여전히 마음의 빗장을 열지 않았다.

“저는 이미 한 낭군님만을 섬기기로 약조한 결혼한 아낙이옵니다. 저에게는 비록 앞을 보지는 못하지만 하늘과 같은 지아비가 있사옵니다. 부디 굽어 살펴주시옵소서.”

때론 협박하고, 달래고 달래다 지친 성주는 화가 머리끝까지 치밀어 마지막으로 칼을 뽑아들었다.

“자, 이제 마지막이다. 내 청을 듣지 않는다면 난 이 칼로 네 목을 칠 것이다. 어쩔 것이냐? 죽을 것이냐, 아니면 내 청을 들어줄 것이냐?”

“저는 이미 한 지아비를 모신 여자이옵니다. 죽기 전에 한 가지 청이 있으니 그것만은 약조를 해 주십시오.”

“말하라.”

“내가 죽거든 내 몸을 낭군님이 살고 있는 집 뜰에 묻어주시오.”

“뭐라! 독한 년! 그것뿐이냐?”

“한 가지 더 있소. 나를 죽이고 나면 내 낭군님만은 털끝 하나 건드려서는 안 될 것이오. 만에 하나 낭군님에게 해를 끼친다면 내 귀신이 되어서라도 반드시 원한을 갚을 것이오.”

결국 그녀는 성주의 칼날에 목이 떨어지고 말았다. 당장이라

도 병사들을 시켜 여자의 남편인 소경을 죽이려 했지만 왠지 마지막 남긴 그녀의 말이 마음에 켕겨 소경만은 살려주었다. 그리고 그녀의 유언대로 소경이 살고 있는 뜰에 그녀를 묻어주었다.

　며칠 뒤, 그녀를 묻은 자리에서 싹이 돋아나기 시작하더니 금세 무성하게 자란 나무들은 꽃을 피우기 시작했다. 나무들은 하루가 다르게 그 집을 삥 둘러가며 울타리를 만들기 시작했다. 마을 사람들은 그 나무와 꽃을 보며 그녀가 소경인 남편을 보호하기 위해서 울타리 나무로 다시 태어났다며 눈시울을 적셨다. 나무에서 피어난 하얀 꽃 속의 붉은 것丹心은 그녀의 남편을 향한 정절이 일편단심이었다는 것을 나타내는 거라 믿었다.

　그 울타리 나무가 바로 사람들에 의해 번리초藩籬草라 불리던 무궁화였다. 이 전설 같은 이야기는 무궁화가 아름답고 지조가 높은 꽃이라는 암시와 교훈을 주는 조상들의 깊은 뜻이 담긴 이야기라 하겠다.

접시꽃이 된 무궁화

도량이 높은 대사가 길을 가다가 무궁화가 만발한 집 울타리 옆에서 욕심 사납고 험상궂게 생긴 사내에게 매를 맞고 있는 아이를 보았다. 대사는 가던 걸음을 멈추고 사내의 매질을 말렸다.

"어인 일로 그리 노하셨는지요?"

"글쎄, 이놈이 우리 집 꽃을 몰래 꺾었지 뭡니까."

사내는 다시 아이를 때리려 주먹을 높이 쳐들었다. 대사는 급히 몸으로 아이를 가리며 물었다.

"너는 어인 일로 남의 집 꽃을 함부로 꺾었느냐?"

아이는 사내에게 맞아 벌겋게 부어오른 볼을 어루만지며 말했다.

"집이 가난하여 어머니의 삯바느질로 겨우 먹고사는데 어머니가 바느질을 하다 그만 실수하여 옷을 맡긴 선비의 흰 도포에 얼룩을 지게 만들고 말았습니다. 그 얼룩을 빼려고 했지만 얼룩은 지워지지가 않았습니다. 도포를 찾으러 왔던 선비는 그 얼룩을 보고 크게 화를 내며, 표시나지 않도록 얼룩을 빼어 놓던지 아니면 사흘 안에 새 도포를 지어 놓으라며 가버렸습니다."

"그것하고 네가 꺾은 꽃하고 무슨 연관이 있단 말이냐?"

"돈이 없어 새 도포를 지을 수 없는 어머니는 근심 끝에 몸져 누우셨는데 누가 말하길 흰 무궁화 꽃잎을 얼룩에 비비면 얼룩이 없어진다기에……"

"그래서 꽃을 훔쳤단 말이냐?"

"아닙니다. 이 분에게 그런 연유를 말하고 울타리에 가득 핀 무궁화 꽃 중에서 흰 꽃 한 송이만 달라고 애원했지만 끝내 거절했습니다. 그래서 몸져누우신 어머니를 위해……"

아이는 끝내 설움에 겨워 눈물을 주르르 흘렸다.

대사는 사내를 보며 말했다.

"남의 것을 훔치는 것은 옳지 않은 짓이나 아이가 어미를 생각하는 마음이 갸륵하니 무궁화 꽃 한 송이를 주시지요. 저 같은 중 백 명에게 시주를 하느니 이 아이에게 꽃 한 송이를 시주하는 것이 큰 공덕이 될 것입니다."

그러자 욕심 사납게 생긴 사내는, 무슨 일인가 해서 모여든 동네 사람들을 한번 삥 둘러보고는 입가에 비웃음을 가득 머금은 채 말했다.

"대사 눈에는 저 꽃들이 무궁화로 보이시오? 저것은 무궁화가 아니라 접시꽃이요. 접시꽃!"

그 말을 들은 대사는 잠시 눈을 감고 생각에 잠긴 듯하더니 아이에게 달래듯이 말했다.

"애야, 그만 가자. 저 꽃들은 무궁화가 아니고 접시꽃이라는데 네게 무슨 소용이 있겠느냐."

대사는 아쉬움에 자꾸만 뒤를 돌아보는 아이를 앞세우고 어미가 몸져누워있다는 집을 향했다. 사내는 그런 대사와 아이의 뒷모습을 보며 깔깔대며 웃었다. 자신의 속임수에 넘어간 대사를 무궁화와 접시꽃도 모르는 바보 같은 중이라 생각했다. 모여든 동네 사람들은 사연을 알고는 욕심 많은 사내를 손가락질하며 흉을 봤다. 대사가 시야에서 사라지자, 사내는 자신의 무궁화 울타리를 보았다.

"아니! 이게 어떻게 된 일이야!"

사내는 자신의 눈을 비비고 다시 보았다. 분명 방금 전까지 아름다운 무궁화 꽃으로 덮여 있던 울타리가 모두 접시꽃 울타리로 변해있었다.

"욕심 사납게 굴더니 잘 됐다."

"하하하, 제 입으로 무궁화를 접시꽃이라고 하더니 정말 접시꽃이 됐구먼."

"아까 그 스님의 법력이 분명해. 보통 스님 같지가 않더라니……"

동네 사람들은 제각기 한 마디씩 하며 속이 다 시원해져 박수까지 치며 깔깔댔다.

한편, 대사와 손을 잡고 가는 아이는 산토끼처럼 깡충깡충 뛰며 신이 나 있었다. 어디서 구했는지 대사가 아이의 손에 활짝 핀 흰 무궁화 한 송이를 건네주었기 때문이었다.

무궁화 예찬 글

무궁화

나라마다 나라꽃이 있고, 미국은 주州마다 주의 꽃이 정해져 있다. 우리나라에서도 법으로 정한 일은 없지만 자연스럽게 무궁화가 국화가 되었고, 국민들은 이 꽃을 사랑해 왔다. 일제강점기에는 무궁화를 집안이나 울타리 등에 심는 것조차 간섭을 당했고, 무궁화 그림이나 수를 놓은 것조차 가지고 있어서는 안 되었다. 나라 잃고 서러움을 당하는 국민처럼 무궁화도 일본 사람들에 의해 수난을 당해야만 했다. 그러한 무궁화가 국화논쟁 시비의 대상에 오른 일도 있었다.

무궁화가 북부 추운 지방에서는 얼어 죽으므로 한국 전 지역에서 재배할 수가 없을 뿐 아니라, 꽃도 품品이 낮다하여, 새로 국화를 제정해야 한다는 것이었다. 그러나 이 문제는 찬성과 반대가 엇갈리는 가운데 정치의 혼란 속에서 흐지부지되고 말았다. 그때에 진달래를 국화로 하는 것이 좋겠다는 의견도 나왔었다. 그들의 주장은 이러했다.

"진달래는 우리나라 어느 곳에나 이른 봄에 모든 산들이 뒤덮이도록 흠씬 피는 꽃으로 참으로 민중의 가슴속에 더없이 친밀감을 일으켜 주는 꽃이다. 더구나 산골 초부들의 나뭇짐 위에 진달래 꽃가지가 몇 묶음씩 꽂혀 있는 것을 볼 때에는 누구나 서민의 꽃이라는 것을 느낄 것이다. 그리고 산나물을 뜯는 처녀들의 바구니에 진달래 꽃가지가 담겨 있는 이른 봄 풍경은 누구에게나 소박한 한국의 정서를 담뿍 느끼게 될 것이다."

그런데 무궁화에 대해서는 나무의 모양이 꾀죄죄하여 때를 벗지 못하였다, 잎도 보잘 것이 없다, 봄철에 싹이 너무 늦게 튼다, 벌레가 많이 뀐다, 꽃이 겨우 하루밖에 못 간다는 등의 갖은 불평을 늘어놓는 사람들이 없지 않다. 그러나 무궁화는 우리 민족이 일제 때 나라의 상징으로 깊이 사랑해 온 역사적인 연유

150

진달래는 우리나라 어느 곳에나 이른 봄에 모든 산들이 뒤덮이도록 흠씬 피는 꽃으로

참으로 민중의 가슴속에 더없이 친밀감을 일으켜 주는 꽃이다.

더구나 산골 초부들의 나뭇짐 위에 진달래 꽃가지가 몇 묶음씩 꽂혀 있는 것을 볼 때에는

누구나 서민의 꽃이라는 것을 느낄 것이다.

그리고 산나물을 뜯는 처녀들의 바구니에 진달래 꽃가지가 담겨 있는

이른 봄 풍경은 누구에게나 소박한 한국의 정서를 담뿍 느끼게 될 것이다.

를 굳이 붙이지 않더라도 가꾸어 보면 볼수록 무궁화 특유의 아름다움을 깊이 느끼게 하는 정원수임을 원예가들은 누구나 알고 있다.

1956년, 내가 미네소타 대학에 교환 교수로 가 있을 때에 세계적으로 유명한 뉴욕 식물원을 방문한 일이 있었다. 이 식물원은 그 규모의 방대함과 내용의 충실한 점에 있어서 확실히 세계적으로 손꼽히는 식물원임에 틀림이 없다. 식물원 깊숙이 들어가 암석정원과 원시림 같은 울창한 송림 속을 거닐어 보면, 누구나 자기 자신이 뉴욕 한복판에 있다는 사실을 완전히 잊어버리게 된다. 그런데 식물원의 본관 건물 앞뜰에는 여러 그루의 큰 무궁화나무가 있었는데, 꽃이 흠씬 핀 아름다운 광경은 내 기억에서 영구히 지울 수가 없는 인상적인 것이었다.

나를 안내해 주던 식물원 직원 한 사람이 자기는 무궁화 꽃을 가장 좋아하며, 본관 앞 일대의 무궁화를 이 식물원의 큰 자랑거리로 생각하고 있다고 말하였다. 더구나 꽃잎 바탕 깊숙한 화심에 짙은 보랏빛 심문芯紋이 야무지게 자리 잡은 단심 무궁화는 어느 꽃보다도 아름다워 보였다. 우단을 깔아 놓은 듯 곱게 다듬은 푸른 잔디밭 위에 잘 가꾸어진 여러 그루의 무궁화가 아침나절 밝은 햇볕에 푸른 숲을 배경으로 만발한 광경은 거듭 말하지만 한국 사람인 나에게 잊어버리기 어려운 깊은 인상이 되지 않을 수 없었다.

나는 그 식물원 간부들에게 이 꽃이 바로 우리 한국의 나라꽃이라고 버젓하게 자랑할 수가 있었다. 그들은 당신 나라는 참으로 좋은 꽃을 국화로 정하였다고 칭찬하면서 식물원 심장부에 화려하게 핀 무궁화의 꽃 숲을 새삼 자랑스럽다는 듯 바라보았다. 나도 저 찬란한 무궁화 숲이 우리나라의 환상인양 도취하여 싫증내지 않고 바라다보았다. 참으로 흐뭇한 심정이었다.

오늘날엔 무궁화 품종도 다양하게 육종되었다. 나는 여러 종류의 무궁화 가운데서 가장 한국적인 아름다움을 지닌 것은 단심무궁화라고 생각하고 있다. 그 깨끗한 흰 꽃잎의 화심 깊숙이 또렷이 자리 잡은 짙은 보랏빛 심문은 사람의 일편단심을 상징하는 듯 야무지게 선명하다. 그리고 눈같이 흰 백색 홑 무궁화도 아주 높은 기품을 느끼게 한다. 그러나 어디서나 흔히 볼 수 있는 불그데데한 광택이 없는 무궁화는 헤식어 보인다. 무궁화가 아름답지 않다는 사람들은 대개 아무런 무궁화만을 보아 온 사람들 일 것이다. 근래에 육종된 백색 천엽과 반천엽 무궁화는 현대미를 느끼게 하는 멋진 꽃들이다. 더구나 달밤에 바라보면 천하일품으로 느껴진다.

나는 광복 직후부터 백색 천엽 무궁화를 육종해 보려고 몇 해동안 교배를 계속하여 오다가 6·25사변 때에 연구실이 폭격으로 타 버려서 그 자료를 모두 잃어 버렸다. 근래에는 백색 천엽 무궁화를 곳곳에서 보게 됨은 더없이 즐겁다. 서울서 수원 사이에 새로 포장된 가로 양편에 무궁화나무들이 플라타너스 가로수 사이사이에 심어져서 초여름으로부터 가을 사이에 제법 호화롭게 꽃이 핀다. 내가 교편을 잡고 있는 수원 농과 대학에 교환 교수로 와 있던 미국인 브리지 포드 교수는 이 경수京水가로에 핀 무궁화가 자기를 무한히 즐겁게 해준다고 여러 번 말한 일이 있다.

아침에 통근버스를 타고 이슬을 담뿍 머금고 만발한 단심 무궁화를 차창으로 바라보면 어지러운 세상에 시달린 우리들의 가슴에도 꽃무늬가 아롱지는 듯 저절로 즐거워진다. 좋은 품종의 무궁화를 곳곳에 심어서 무궁화동산을 만들면 얼마나 아름다울 것이며, 또 사람들의 가슴속을 얼마나 깨끗이 해줄 것인가, 여러 모로 생각해 본다. 무궁화 꽃은 날마다 새로 피고 반드시 그날로 지고 만다. 그러므로 아침에 보는 꽃은 몇 만 개가 피든지 모두 그날 새벽에 새로 핀 꽃들이다. 기나긴 개화기간에 아침마다 새 꽃이 피고, 저녁에는 반드시 시들어서 떨어진다. 피고 지고, 지고는 피는 꽃은 여름에서 가을까지 지치지 않고 계속된다. 이름 그대로 무궁화이다.

사람의 70평생도 보기에 따라서는 하루살이와 다를 것이 없다. 그러나 아무리 단명하고 변변치 못한 사람의 일생이라 하더라도 무슨 형태로든지 인간의 역사 속에 자신의 지혜와 착한 생각을 꽃피어 이어간다. 유구한 인류의 역사도 짧은 인생의 연속

으로 이루어지는 것이다.

날마다 지고 피는 무궁화의 한 송이 한 송이를 덧없이 짧은 인간의 생명에 비긴다면, 봄부터 가을까지 계속되는 긴 화기花期 는 그대로 줄기차게 융성하는 인류의 역사를 상징하는 듯하다.

어떤 이는 줄기차게 억센 자강불식의 사나이의 기상을 피고 지고, 또 피는 무궁화의 꽃 속에서 찾아 볼 수 있다고 말하였다.

이른 새벽에 고요히 피고, 저녁에 봉오리처럼 도로 오므라져 시들어 조촐하게 떨어지는 무궁화는 다른 꽃처럼 뒤가 어지럽지 않다. 이것도 무궁화의 큰 특색의 하나일 것이다. 무궁화 꽃은 태양과 함께 피어나서 저녁에는 태양과 운명을 같이한다. 서산에 해가 떨어졌지만 다음날 아침에는 장엄한 새 태양이 동녘 하늘에 떠오른다. 무궁화는 이처럼 태양과 일맥상통하는 특유한 꽃이다. 해바라기는 태양과 깊은 관계가 있는 꽃으로 정평이 있다. 아침에는 해 뜨는 동쪽을 향하고 저녁에는 해 지는 서쪽으로 고개를 돌린다. 그러므로 태양만을 바라보는 해바라기는 그 이름이 참으로 적합하다고 느껴진다.

그런데 우리나라 시골에서는 부인들이 해바라기를 울안에 심는 것을 꺼린다. 그것은 꽃이 한 곳만을 바라보지 않고 시시각각으로 얼굴을 돌리기 때문이라고 한다. 물론 그것은 생각하기 나름이다. 해바라기는 태양을 바라볼 뿐이고 운명을 함께 하지는 않는다. 무궁화는 인생과 역사를 상징하는 철학이 내재한 꽃이다. 그러므로 무궁화에서 양귀비 꽃 같은 요염한 아름다움을 바라는 것은 어리석기 짝이 없는 일이다.

무궁화를 중국 고전에서는 '순'이라고 한다. 공자가 애독하던 민요집『시경詩經』에 '안여순화顏如舜華'라는 말이 있다. 여자의 얼굴이 어찌 예쁜지 마치 무궁화 꽃 같다는 뜻이다. 옛날 사람들이 무궁화를 얼마나 아름답게 보았는지 이것만으로도 짐작할 수가 있을 것이다.

중국의 유명한 고전인『산해경山海經』에는 '군자의 나라는 지방이 천리나 되는데 목근화(무궁화)가 많다君子之國地方千里 多木槿化'라는 글이 고금주古今註에서 인용되어 있다. 예로부터 우리나라를 근역槿域이라고 일컬어 왔다. 무궁화 피는 고장이라는 뜻이다. 고려조에서 중국에 보내는 국서國書에 근화향槿花鄕이라는 문구를 쓴 것이 현존한 사료史料로서는 최초라고 한다(문일평의『화하만필』. 문화의 실력을 가진 나라들은 어느 나라이고 간에 아무리 대수롭지 않은 것이라도 역사적인 유서가 붙은 것이라면 매우 소중히 다루고 아끼는 전통이 있는 것을 볼 수 있다.

한반도를 옛날에는 근역槿域이라고 불러 왔고, 근래에는 무궁화 삼천리금수강산 이라고 일컫는다. 근세의 명수필가로 알려진 김소운은 광복 후에 일본인들에게 한국에 대한 인식을 근본적으로 바꾸라는 내용의 서간 형식의 연재 수필을 썼었는데, 그 제목을 '목근통신木槿通信'이라고 하였다. 소운도 우리나라를 무궁화의 나라로 표현하였던 것이다.

그리고 일제 노예 시절에는 무궁화를 그대로 이 민족의 상징으로 생각해 왔으며, 그 줄기찬 긴 화기는 민족의 줄기찬 투쟁

정신으로 연관시켜 대견스럽게 생각해 왔었다. 벌레가 많다고 하나 벌레는 구제하면 될 것이고, 꽃도 오늘의 발달된 육종의 기술로 더욱 다채롭게 개량해 가면 될 것이다.

하와이의 자랑인 히비스커스는 우리가 하와이 무궁화라고 부르는 것인데, 품종이 수백 종류를 넘으며 온 하와이를 그 꽃으로 뒤덮고 있다. 무궁화가 만일 영국이나 프랑스의 국화였더라면 국화시비론 따위는 나올 여지도 없었을 것이다. 그리고 반드시 무수한 품종이 오늘의 장미처럼 발달되어 온 세계로 널리 심겨졌을 것으로 생각된다.

항상 역사적인 제 것을 소중히 여기고 간직하면서, 끊임없이 새 것을 찾아 소화해 나가는 보수와 진취의 양면을 다 함께 지니지 않고서는 앞을 달리는 문화 민족이 될 수는 없다. 무궁화는 씨나 꺾꽂이로도, 또 포기 나누기로도 쉽게 번식시킬 수 있다. 그리고 나무의 크기가 정원수로서 알맞은 중형이어서 어느 곳에 심어도 보기 좋고, 또 토양 선택이 까다롭지 않아서 어디서나 잘 자란다. 참으로 민중의 친근한 꽃이라고 하겠다.

영국의 어린이들이 의심하는 전통의 풍습을 부모들에게 물으면 이유를 달지 않고, 한결같이 조상 적부터 그렇게 해 내려온 것이라고 대답한다는 것이다. 우리의 처지로는 이 석연치 않은 영국의 자녀와 부모들의 현명한 문답을 되씹어 보아도 좋을 것 같다.

무궁화에 대한 나의 소감은 우리가 우리 민족 문화를 누구보다도 소중히 간직해야 되겠다는 노파심을 이 꽃나무에 붙여서 피력해 본 것뿐이다.

– 류달영.1983.9.《나라꽃무궁화》

무궁화 사진과 국화國花 선양

우연한 시기에 방송국에 근무하는 선배의 권유로 무궁화 사진을 찍을 기회가 있었다. 솔직히 말해서 무궁화에 대한 지식은 커녕 상식조차 없었다. 무궁화 사진을 그냥 아무렇게나 찍는 것이 아니라 '제1회 나라꽃 무궁화 사진전시회'를 마련하는데 모두 쓰여질 작품이라는 것이었다. 한편으로는 구미도 생기고 또 한편으로는 은근히 조바심도 생겼다. 그래서 나는 우선 무궁화를 찍는 나의 정신자세를 좀 다독이기로 했다.

이 말은 무슨 얘기인가 하면 석공이 한 사찰의 불상을 조성할 때 가지는 몸가짐처럼 나도 무궁화 꽃을 하나의 꽃만으로서 사진을 찍는 것이 아니라 나라꽃인 무궁화를 선양 애호하는데 그 일익을 자랑스럽게 담당하는 한 사람으로의 자세를 가지기로 하였다. 책을 보고 역사와 그 정신을 익히고, 지금 선양 운동인 들이 실천하고 있는 그 정신을 배우고자 하는 데에 애썼음도 거짓 없이 밝힌다. 보통 무궁화 꽃은 7월 초에 피기 시작하여 10월 말까지 핀다. 그러나 꽃의 모양이나, 색깔 나아가서는 그 어우러지는 분위기로 봐서 사진을 촬영하는 시기는 무엇보다도 8월 1일에서 8월 15일 광복절이 최적격이다. 그래서 나는 8월 초부터 무궁화 품종별 작품사진 촬영에 박차를 가했다.

특히 적어 두고자 하는 것은 무궁화 사진뿐만 아니라 꽃 사진 촬영은 되도록이면 오전 중에 이루어져야 한다. 더욱이 무궁화 꽃의 촬영시간은 아침 8시에서 10시까지가 최적격이다. 우선 햇살이 밝게 타오르면 꽃잎은 작열하는 태양의 폭음에 견디다 못해 움츠러든다. 싱싱하며 크고 탐스러운 꽃 찍기가 어렵다는 점이다. 이것은 일반적 사진작가가 가지고 있는 기초지식에 불과하다. 그것보다 중요한 것은 무궁화 꽃의 생성 시간을 잘 알고 사진을 찍는 시간도 맞춰야 한다는 것이다.

'꼭두새벽에 꽃을 피운다' 이것은 무궁화의 특성을 잘 나타내는 말이다. 그래서 옛 사람들은 무궁화를 '일급日及' 또는 '조균朝菌'이라 했다. 이 말은 곧 '무궁화 꽃은 하루에 못 미친다'는 얘기로도 설명되며, 조균이라는 말은 아침에 피어오르는 버섯과도 같다는 것이다. 즉, 버섯의 균사菌絲가 아침에 서울시내의 도로망처럼 퍼져 나간다는 것이다.

이것을 굳이 들추지 않더라도 무궁화 꽃은 새벽 2~4시(학자들의 시험결과)에 피고 오전 11시가 지나면 오므라든다는 것에 유념

해서 가능하면 아침 8~10시 사이에 꽃 사진을 찍는다는 것은 불변의 원칙으로 삼아도 좋다. 이렇게 해서 내가 무궁화 꽃 사진을 찍는 데는 많은 무궁화 관계자들의 격려와 성원이 컸다.

연구소에서 연구를 꾸준히 해 오신 김정석 박사님을 비롯한 학자들. 한결같이 무궁화 선양을 해온 사람들이다. 지금도 가깝게 지내는 박춘근, 배나무, 김병현 등이 그 사람이며 무궁화 사진전시회를 개최한 김기현, 그리고 운동애호가인 김석겸 등이 기억에 남는 사람이라고 밝힌다. 지금도 본인은 이 일을 하기를 정말 잘했다고 명예와 긍지를 느낀다. 관공서를 비롯, 기관·직장·단체는 물론 심지어는 각급 초·중·고등학교의 각 교실에 게시된 꽃 사진 모두가 본인이 그때 사명을 가지고 만든 작품이기에 더욱 뿌듯한 자긍심을 가진다.

　이 무궁화 꽃 사진의 수차례 전시 이후에는 나는 어느새 외신기자에서 하나 더 사진작가, '무궁화 사진작가'라는 닉네임이 붙게 되었다. 무궁화 꽃 사진 촬영, 전시회에 이어서 나는 또 문화홍보용으로 '나라꽃 무궁화'라는 국민정신 계도를 위한 영화 제작·촬영에도 뛰어들었다. 그 작품은 1980년에 완성되어 무궁화 선양 운동인 들의 정성에 따라 기관·단체·직장은 물론 각급 학교에 상영되어 나라꽃 무궁화 선양에 작으나마 일조가 되었다고 감히 자부한다.

　나는 무슨 일을 해도 작가의식을 갖고 일에 나선다. 무궁화 사진·영화도 참 어려운 시기에 작업이 시작된 탓으로 애로가 이만저만 아니었다. 그러나 그러한 고난과 역경을 이겨내고 완성된 작품이기에 한층 더 보람을 느끼고 명예스럽다.

　내년 여름이면 수원 임목육종연구소, 또는 원예시험장, 그리고 저 멀리 공주 구석회 선생님의 무궁화 농원에 새로운 무궁화 품종이 도입되고 개발되었다니 새 품종을 새로운 사진으로 찍고 싶다.

　원예시험장·임목육종연구소의 품종은 일본에서 들어왔는데, 그 이름이 우리말로는 '무지개', 미국말로는 '레인보우', 일본말로는 '칠채七彩'라 한다. 결국, 그 품종은 이름에서 보듯이 일곱 가지의 색깔(무지개)을 가졌다는 뜻이다. 꽃도 신태양과 파랑새 품종을 교잡시켜 놓은 것과 같이 크고 화사하고 붉단다. 정말 기대가 크다.

　공주 구석회 선생의 농장에는 구석회 선생이 오랫동안 교잡, 육성한 품종인데 그 고장의 이름을 따서 '월산月山'이라 명명 하였단다. 꽃이 희고 가운데 단심丹心이 아주 가지런하고 더욱 붉다니 어디 한번 여름에 마음먹고 찍어봐야 하겠다. 그러나 어쨌든 계속 개발되는 품종을 사진으로 찍어 무궁화 선양애호를 위해서 대국민 계몽·홍보용으로 꾸준히 공부하고 정진하여 기여하고자 한다. 나는 애국자가 따로 없다고 느낀다. 지금까지 어려운 여건 속에서도 꾸준히 무궁화 선양운동에 그 실무자로서 애써 온 박춘근, 배나무 씨의 그 노고는 우리가 마음속으로나마 찬사와 격려를 보내야 한다고 느낀다. 그런 반면 나 역시 한 장의 사진을 찍더라도 작가의식을 갖고 무궁화가 국화라는 사실을 잊지 않는 데 더욱 정신을 모을 것을 약속한다.

　하루속히 내충성耐蟲性, 내병성耐病性, 내한성耐寒性 무궁화가 전문연구 학자들의 손으로 완벽하게 개발, 육성되어 그 품종이 민족의 진원지 백두산 천지 주변에 어우러지게 꽃피워진 그 장관을 나는 제일 먼저 찍는 사진작가가 되었으면 한다. 이것은 꿈이 아닌 현실이 될 날도 멀지 않았음을 굳게 믿으면서, 언제나 의식 있는 무궁화 사진작가로서의 그 면모와 명예를 지킬 것을 다시 한 번 다진다.

- 박한춘.《월간 무궁화》

무궁화, 겨레의 꽃

우리 집 앞 베란다에 있는 무궁화 화분은 나와 어머니께서 해마다 화분갈이 해주면서 점점 큰 화분으로 바뀌었다. 이 무궁화 나무는 부끄럽게도 일본에 사시는 사촌이모께서 서울올림픽 구경 오셨다가 일본으로 가실 때 우리 집에 들르셔서 다섯 그루 중에서 한 그루 주신 것이다. 친척 이모는 일본에서 사신지 20년이 지났다는데 그 동안 고국에 올 때마다 무궁화를 구입해다 키워서, 정원 곳곳에 크고 작은 무궁화 꽃이 필 때면 한국에 있는 느낌이라고 하셨다. 처음에는 고국이 그리워서 한국의 꽃을 갖다 심은 것이 지금은 '애국의 꽃'이라고 불릴 만큼 무궁화를 사랑한다고 덧붙이셨다.

이미 몇 년 지난 이야기지만 그 이모는 "창경궁에 벚꽃을 모두 뽑아 버리고 소나무 등 여러 가지 나무를 심고 새롭게 단장한 것은 좋은 일인데, 나라꽃인 무궁화를 많이 심지 않은 것이 흠이란다."하고 말씀하실 정도로 무궁화 애호가였다. 그 이모가 가신 뒤로 나는 무궁화 나무에 물도 주고 먼지가 앉은 때는 물을 뿌려서 먼지를 닦아 주변, 푸른 잎이 고맙다고 인사하는 것 같은 느낌이 든다.

얼마 전이었다. 어머니께서 무궁화 나무를 보시더니 "웬 진딧물이 생겼지? 요즈음 수연이 손이 덜 가더니 그런가 보다." 하셔서 자세히 보니 석탄 가루가 붙은 것처럼 진딧물이 징그럽게 붙어 있었다. 나는 가까운 친구 희영이 네 집에 가서 소독약을 빌려다가 뿌려 주었다. 나는 깨끗해진 무궁화를 보며 '나라꽃인 무궁화를 열심히 가꾸는 것도 애국하는 마음이야'라고 생각하였다. 무궁화, 하면 생각나는 사람이 있다. 우리 동네 103호 아줌마는 '호랑이 아줌마'라고 소문이 나있다. 우리 집은 연립 주택인데 앞마당이 넓으니까 동네 아이들이 모여 와서 야구도 하고 축구도 하며 신나게 놀다가 아이들이 103호 아줌마만 보면 우루루 도망을 간다. 아줌마는 "얘들아, 여기가 놀이터니? 그 축구공이 무궁화 나무에 맞으면 꽃도 떨어지고 나무도 망가지는데, 빨리 가." 하시며 긴 호스를 수도에 꽂고 나무에 물줄기를 보낸다. 시들한 듯 싶은 나무들이 무궁화 꽃과 함께 방긋 웃는 듯하다.

어느 날 아침에는 앞마당에서 뒷마당에 있는 무궁화 나무에 소독약을 뿜어주는 걸 보았다. 나는 103호 아줌마의 무궁화를 사랑하고 가꾸시는 마음을 더욱 본받아야겠다고 다짐하였다. 오늘 여기 무궁화 전시장에 와 보니 정말 감탄할 정도로 무궁화 꽃이 아름답고 여러 종류라는 것을 알았다. 어서 통일이 오면 백두산 정상까지 조상의 얼이 담기고 겨레의 꽃인 무궁화를 심고 우리 모두 힘 모아 가꾸며 삼천리 방방곡곡 무궁화동산을 만들었으면 좋겠다. 일본 나라꽃인 벚꽃 축제보다 우리의 민족과 함께 핍박받고 짓밟혔어도 다시 일어나 오늘 광복절을 빛내기 위해 8월에 활짝 피는 겨레의 꽃 무궁화를 우리 다함께 가꾸어 '무궁화 축제'를 만들었으면 좋겠다.

- 신수연. 동자초등학교 6학년. (주)삼성물산 월간사보 《챌린저》

6

무궁화를 군화로 선정한 홍천군
― 무궁화 메카도시 추진계획

홍천군은 겨레의 꽃인 무궁화를 군화群花로 선정하고 무궁화 도시로서의 인프라 확충과 국민의 공감대 형성을 위해 다양한 사업을 추진하고 있다.

rose of sharon · **rose of sharon** · rose of sharon

비전 및 목표

무궁화 메카도시로서의 브랜드화

무궁화 도시로서의 인프라 확충	군민의 공감대 형성
• 한서 남궁 억 선생 묘역 정비 • 무궁화 수목원(박물관) 조성 • 무궁화 테마파크 조성 • 무궁화 꽃길, 동산 조성 • 무궁화 묘 포장 조성	• 한서문화제 → 나라꽃 무궁화 축제 • 무궁화 배지 달기 운동 전개 • 무궁화 상품 개발 • LED 무궁화 조명나무 설치 • 무궁화 액자 제작 보급

추진 방향

무궁화 도시로서의 인프라 구축

  - 무궁화 수목원, 박물관, 테마파크 등 조성

  - 국도 44호선과 5호선의 가로변에 무궁화 가로수 경관조림
실시

군민들의 공감대 조성

  - 무궁화 분재 갖기 및 배지 달기 운동 전개

전국적인 브랜드 가치 제고

  - 무궁화 대축제 전환, 메카도시의 관광자원화 등

인프라 현황

역사적 배경

한서 남궁 억 선생(1863~1939)의 무궁화보급운동 지역

– 1925년 : 무궁화 묘포장 조성, 무궁화묘목보급운동 전개

– 1933년 : 무궁화 십자당 사건으로 투옥

한서 남궁 억 선생 얼 선양사업

– 1977년 : 한서문화제 개최

- 2000년 : 새천년 1월 문광부 "문화인물" 선정

 무궁화 공원(4ha), 무궁화 동산(1ha) 조성

- 2001년 : 향토사료관 건립(무궁화 공원내 무궁화 사료전시)

- 2004년 : 한서 남궁 억 선생 기념관 건립(서면 모곡리)

무궁화 식재 사업

무궁화 가로수 꽃길 조성(80km)

- 위치 : 국도 4개 노선, 지방도 5개 노선, 군도 4개 노선 등

- 식재본수 : 38,930본

군민 무궁화 심기 운동 전개

- 무궁화 묘목 나누어주기 행사(식목일 전후)

- 군장병 추억의 나무심기 행사 무궁화 묘목 지원

- 유관기관 식목행사 무궁화 묘목 지원

※ 무궁화 식재 총본수 : 약 50만본(가로수, 공원, 가정, 기관 등)

무궁화 고장으로서의 이미지 부각

CI 제작 – 1999년

활용 – 군기, 무궁화가로등, 안내간판, 디자인 휀스, 우산 등

다양한 무궁화 관련 행사

무궁화 축제 - 2009년 8월 제1회 대회 개최 예정(구. 한서문화제)

무궁화 분재 전시회 - 매년 9월(구.한서문화제 기간 중)

무궁화배 태권도 대회 - 매년 8월 중

무궁화 장학금 수여 - 매년 2~3월 중

무궁화 백일장 - 매년 9월(구.한서문화제 기간 중)

무궁화 전국 관광 사진전 - 매년 11월경 공모

서면 모곡리 무궁화 마을 축제 - 매년 7~8월 중

메카도시 핵심사업

- 종류 : 수목원, 박물관, 테마파크, 테마임도 등
- 사업비 : 17,900백만 원(국비 9,000, 도비 2,670, 군비 6,230)
- 사업기간 : 2009년 ~ 2013년

추진실적

가. 무궁화 메카도시 추진위원회 구성 : 2009. 4.24(조례공포 : 2009.4.7)

 - 구성인원 : 15명

 - 주요활동 : 기본계획, 실시설계 자문, 무궁화 명소조성 장려금심의 등

나. 특화도시설계 용역 시행(기본설계)

 - 선정업체 : 넥서스환경디자인연구원(주)

 - 용역기간 : 2009. 4. 1 ~ 2009.10.31

 - 사업비 : 170백만 원(국비)

 - 과업내용 : 수목원, 박물관, 테마파크, 경관림 조성 등 디자인설계

다. 무궁화 관련 시책 교육

① 공무원 직무교육

 - 일시 : 2009. 4. 1(대회의실)

 - 인원 : 200여 명

 - 제목 : 시장친화적인 무궁화 품종 육성

 - 강사 : 국립산림과학원 박형순박사

② 제1회 홍천아카데미 운영

- 일시 : 2009. 4. 22(문화예술회관)

- 인원 : 500여 명(군민,공무원)

- 제목 : 나라꽃 무궁화로 우리민족 얼 찾기

- 강사 : 무궁화와 나리연구소 심경구 박사

세부 실행 계획

가. 무궁화 경관 조림 사업

 - 위 치 : 국도 5·44호선, 지방도변 등

 - 사업량 : 31,000본

 - 사업비 : 1,300백만 원

 - 사업기간 : 2009년 3월 ~ 12월

나. 양묘장 조성

- 위 치 : 홍천읍 결운리 등 2개소
- 면 적 : 7,500㎡
- 식재량 : 6만본(실생묘 1만본, 삽목 5만본)
- 사업기간 : 2009년 4월 ~ 5월

(새마을단체, 노인회, 읍면 시행분 미포함)

다. 남궁 억 선생 묘역 정비

- 위 치 : 서면 모곡리
- 사업량 : 무궁화 묘목 735본 식재
- 사업비 : 92백만 원
- 사업기간 : 2009년 3월 ~ 5월

라. LED 무궁화 조명나무 설치

- 위 치 : 홍천읍 도심 강변 및 공원
- 사업량 : 15개
- 사업비 : 150백만 원
- 사업기간 : 2009년 5월 ~ 7월

마. 무궁화 대목 식재(상징성 제고)

- 위 치 : 군청사, 무궁화공원, 공작산 생태숲 등

– 수 량 : 6본(H=3.0, R=14이상)

– 사업비 : 10백만 원

– 사업기간 : 2009년 4월 ~ 5월

바. 무궁화 테마 임도 조성

– 위 치 : 홍천읍 상오안리 ~ 장전평리

– 사업량 : 임도 6.26km 구간중 공터 4개소

– 사업비 : 100백만 원(국비 100)

– 주요사업 : 무궁화 2,100본 식재,휴식공간 등

(국유림관리사무소 시행)

범국민적 공감대 형성

가. 무궁화 분재 갖기 운동

– 대 상 : 군민

– 배부수량 : 20,000개

– 기배부 : 1,000개(2009.4.1)

– 사업기간 : 2009년 4월 ~ 2012년 4월

나. 무궁화 배지달기 운동 전개

- 지급대상 : 군민, 출향인사, 명예군민 등
- 제작수량 : 24,000개(1차)
- 배부시기 : 2009년 6월 ~ 12월

다. 무궁화 액자 제작 보급

- 대 상 : 관내 기관, 단체, 학교 등
- 게시장소 : 현관, 사무실, 복도 등
- 제작수량 : 200개
- 사업기간 : 2009년 6월 ~ 12월

라. 무궁화 사후관리 우수마을 시상

- 대 상 : 마을, 단체 등
- 방 법 : 식재 및 관리구간 지정
- 평가사항 : 수령 관리상태, 군민참여도, 경관형성 기여도 등
- 평가시기 : 연말

메카도시로서의 역할 제고

가. 무궁화 품종별 육묘장 조성

- 규모 : 20,000㎡
- 재배종류 : 100여 종
- 역할 : 우량종자 공급, 품종개량 등

(남북통일대비 무궁화 보급지역으로서의 역할 담당)

나. 생활속의 무궁화 상품 개발

- 연구기관 : (재)홍천메디컬허브연구소
- 개발상품 : 허브향수(시제품)
- 개발분야 : 기능성 건강상품, 화장품, 한약재 등

다. 무궁화 해설가 양성

- 인   원 : 3~4명
- 근무지역 : 박물관, 수목원, 사료관 등
- 양성시기 : 2010년부터
- 양성방법 : 무궁화 관련단체 연수, 해설사과정 수료, 무궁화 자료 수집 등
- 종   류 : 가로수, 공원용, 정원용 등
- 방   법 : 양묘장에서 용도별로 육성

⇒ 전문 전지·전정사 양성(2~3명)

− 소요년수 : 최소 4~5년(이식)

전국적인 무궁화 대축제 개최

− 기간 : 2009년 8월22일 ~ 8월30일(9일간 예정)

− 장소 : 미정

− 주관 : (사)홍천군 축제위원회

− 사업비 : 495,000천 원

− 주요행사

• 군민 화합의 장 : 전야제, 민속행사, 문화예술행사, 체육
행사, 군장병 체육행사 등

• 무궁화 축제의 장 : 무궁화 품종 생태관 조성, 무궁화 꽃
조형물 설치, 무궁화 분재 설치, LED 무궁화 조명등 설치,
무궁화 먹거리 체험장, 무궁화 한방 체험장, 전국 무궁화 사
진전 등

• 전국 규모의 행사 : 무궁화 마라톤 대회, 무궁화배 전국 산
악자전거 대회, 무궁화배 전국 동호인 배구대회 등

7

무궁화 꽃의 특성

무궁화는 자라는 형태가 품종에 따라 다양한 모습을 보이지만 높이
나 줄기의 모양, 잎의 모양, 꽃의 색깔, 꽃이 피는 시기 등에 따라
구분한다.

rose of sharon · **rose of sharon** · rose of sharon

무궁화 꽃 색깔에 따른 분류

무궁화의 꽃 색깔을 단순하게 분류하기는 매우 힘들다. 그 이유는 무궁화 꽃의 색깔이 대부분 복합색이고 꽃잎에서의 색깔의 배치도 여러 가지로 달라지며 단심부의 색깔과 결부되면 더욱 복잡해지기 때문이다.

따라서 색깔의 종류를 중심으로 하느냐, 색깔의 분포를 중심으로 하느냐 하는 문제가 생긴다. 무궁화의 꽃 색깔은 크게 흰색, 분홍색, 홍색, 보라색, 청색 등으로 구분할 수 있으나, 이들 색깔도 종류에 따라 크게 차이가 있을 뿐 아니라 한 꽃 안에서도 꽃 색깔이 동일하지 않고 위치에 따라 큰 차이를 보이고 있다.

어떤 꽃이 분홍색이라도 꽃 전체의 색깔이 꼭 분홍색이 아니며, 한 꽃잎에서도 분홍색, 홍색, 적색, 자색 등이 분포하고 있다. 무궁화 꽃은 색깔 그 자체도 단색이 아니고 혼합색일 뿐 아니라, 이 혼합색 들이 서로 꽃잎의 위치에 따라 혼합의 비율이 다르게 분포됨으로써 색깔의 변화를 이루고 있다.

이 때문에 무궁화는 꽃을 자세히 바라보면 볼수록 점점 더 아름답고 신비스러워 보인다. 이처럼 한 꽃잎 안에서 존재하는 색깔 혼합 비율의 변화는 다른 꽃에서는 좀처럼 찾아 볼 수 없는 무궁화만의 장점이라 할 수 있다. 한 예로, 꽃모양이 종 모양을 이루고 있는 '에밀레' 품종은 꽃잎 주위로는 자색의 비율이 높으나 꽃잎 중심으로 들어갈수록 홍색의 비율이 높아지고 있다.

이러한 현상은 순백색의 꽃인 '배달'을 제외하고는 거의 대부분의 유색 무궁화 꽃에서 모두 나타나는 현상이다. 청색의 꽃으로 유명한 '블루버드' 품종도 꽃잎 가장자리는 강한 청색을 나타내고 있으나, 꽃잎 중심으로 들어오면서 홍색의 비율이 높아지고 있다. 그리하여 꽃잎 중심에 들어오면 강한 홍색을 나타내면서 단심을 이루고 있다.

흰색 꽃에서는 색깔 혼합 비율의 변화가 잘 일어나지 않으며,

화심으로 향한 홍색 비율의 증가 현상도 없고, 화심에도 단심을 이루지도 않아 꽃 전체가 거의 동일색으로 흰색을 이루고 있다. 그러나 분홍색, 홍색, 자색, 청색의 모든 꽃은 꽃잎 가장자리로는 청색의 비율이 높으나 중심으로 갈수록 홍색 비율이 높아지고, 꽃잎 중심에는 아주 강렬한 홍색인 단심을 갖게 된다.

　꽃 색깔이란 꽃잎에서 반사되는 반사 스펙트럼에 의해 결정되지만, 자연 상태에 무수히 많은 색깔에 대하여 사람의 눈만큼 정확하게 구별할 수 있는 장치는 아직 만들어지지 않고 있다.
　더욱이 미세한 변이를 나타내는 화색은 눈으로는 그 차이를 감지 할 수 있어도 그 색깔을 표현할 수 있는 단어는 한정되어 있다. 대부분 혼합색이나 중간색인 무궁화의 꽃 색깔을 육안이나 기계적인 방법에 의해 알기 쉽게 분류하면 흰색, 분홍색, 적색, 자색, 청색 정도로 구분할 수 있다.
　물론 더 크게 분류 하면 순백색계와 유색계(단심계)로 분류할 수도 있는데 유색계 무궁화는 전부 꽃의 중앙부에 붉은 색을 갖고 있어 우리나라에서는 오랜 옛날부터 이를 단심丹心이라 불러 왔다. 이 단심 무늬로부터 가장자리 쪽으로 붉은 선상線狀으로 뻗어나간 무늬를 '단심방사맥丹心放射脈'이라 부르며 그 길이와 농염은 품종 분류의 기준이 됐다.

순백의 배달계는 순결과 온순함을 상징하여 왔고, 단심계는 애국과 충성과 정절을 상징하여 왔다. 그리하여 흰색 바탕에 단심이 든 무궁화를 단심계 무궁화로 분류하고, 단심의 크기 및 모양에 따라 제 1·2·3단계로 분류하였다.

〈단심계의 기본 3유형〉

단심 1계는 꽃잎 중심에 단심이 작고 강렬하게 들어간 것을 지칭하고, 단심 2계는 꽃잎 중심에 좀 크게 단심이 들어간 것을 지칭하며, 단심 3계는 꽃잎의 맥을 따라 단심이 방사형放射形으로 확산되어 있는 것을 가리킨다.

청색과 홍색의 혼합색에다 단심이 아주 작고 진하게 들어가 있는 '진이眞伊', '님보라', '고요로' 품종은 단심 1계이고, 그 외 '새아침' 등 대부분의 품종은 단심 2계이다. '서광', '불꽃', '한빛' 품종은 단심 3계이다.

한편 흰 꽃잎의 가장자리로 붉은 무늬를 갖고 있는 복색계도 있다. 따라서 무궁화의 꽃 색깔은 기본적인 흰색, 분홍색, 적색, 자주색, 청색과 복색계로 분류 할 수 있다. 이 중 분홍색, 적색, 자주색은 육안의 구별이 용이하지 않으므로 분광 광도계를 이용하여 구분하여 대표적인 품종명이나 계통명을 따서 배달계, 백단심계, 적단심계, 자단심계, 청단심계, 아사달계로 분류하였다.

품종

무궁화 품종은 세계적으로 250여 종, 한국에는 200여
종 있다. 색깔의 분류에 따라 크게 나누면 3종류로 구분할 수
있는데 한국명의 우수 원예품종에는 배달계, 단심계(백단심, 홍단
심,청단심), 아사달계 등이 있다.

우리나라에서 무궁화 꽃에 이름을 붙이기 시작한 시기는
1970년대 초부터이다. 나라꽃인만큼 꽃 이름 하나마다에 역사
적인 배경이나 어떤 의미를 두고 작명한 것이 대부분이다.

배달

무궁화에 있어 배달倍達이란 중심부에 단심丹心이 없는 순백색의 꽃을 말한다. 배달이라는 명칭은 백의민족인 한민족을 지칭하는 이름으로 대형 순백색 홑꽃 중에서 가장 아름답고 큰 개체를 선발하여 배달 품종으로 명명했다.

배달계에는

1. 눈보라 : 겹꽃, 순백색

2. 배달 : 대형, 홑꽃, 순백색

3. 사임당思任堂 : 반겹꽃, 순백색

4. 새한 : 겹꽃, 순백색

5. 소월素月 : 소형, 홑꽃, 순백색

6. 옥선玉仙 : 소형, 홑꽃, 순백색

7. 옥토끼 : 대형, 홑꽃, 순백색

8. 한서翰西 : 대형, 홑꽃, 순백색

9. 눈뫼 : 반겹꽃, 백색 등

단심과 단심선

단심丹心이란 무궁화의 중심부에 있는 붉은색 반점을 말하며, 단심선이란 반점에서 마치 햇살처럼 퍼진 붉은 선을 말한다. 중심부의 붉음은 정열과 나라 사랑을 나타내는데 이것이 불꽃 모양으로 꽃잎을 따라 방사放射하는 것은 발전과 번영을 상징한다. 꽃잎의 분홍은 순수와 정열 그리고 단일을 뜻한다. 무궁화 꽃은 이와 같은 뜻을 담고 있어서 더 값진 것이다.

백단심계

백단심이란 흰 꽃잎에 붉은 중심부가 들어 있는 것을 지칭하며 이는 정절과 지조의 상징으로 여겨왔다. 단심무늬는 적색이지만 방사맥과 더불어 색깔, 크기, 농염의 차이가 많으며 홀꽃, 반겹꽃, 겹꽃 등이 있어 다양하게 분류된다. 백단심계는 백단심 1계, 2계, 3계로 분류한다.

백단심계에는
1. 새빛 : 반겹꽃, 백색
2. 백단심 : 홀꽃, 백색

3. 설악 : 겹꽃, 순백색

4. 일편단심 : 소형, 백색, 단심

5. 한마음 : 홑꽃, 백색

6. 화랑花郞 : 대형, 홑꽃, 담홍색

7. 한얼: 반겹꽃, 백색

홍단심계

그동안 홍단심계로 통칭되어 온 것을 분광광도계(Spectro-photometer)를 통해 분류하여 적색을 띠는 종류를 모아 적단심계라 지칭했다. 색채가 화려하고 꽃 모양이 다양하다.

홍단심계에는

1. 계월향桂月香 : 홑꽃, 분홍색

2. 고요로 : 홑꽃, 분홍색

3. 꽃보라 : 겹꽃, 홍색

4. 내사랑 : 겹꽃, 홍색

5. 산처녀 : 반겹꽃, 진홍색

6. 새아침 : 홑꽃, 선홍색

7. 수줍어 : 홑꽃, 다홍색

8. 아사녀 : 반겹꽃, 진홍색

9. 에밀레 : 홑꽃, 분홍색

10. 영광: 대형, 홍색

11. 홍단심紅丹心 : 홑꽃, 연한 자주색

12. 원술랑 : 대형, 홍색

13. 첫사랑 : 겹꽃, 선홍색

14. 홍순紅脣 : 반겹꽃, 주홍색

15. 홍화랑: 대형, 홑꽃, 홍색

청단심계

바탕색이 청색을 나타내는 종류로 보라색 계통은 홍과 청이 복합색으로 나타나며 하루 중 시각에 따라서 달라지므로 때에 따라서는 구분하기 힘들 때도 있다.

청단심계에는

1. 자선紫仙 : 소형, 겹꽃, 다홍색

2. 진이眞伊 : 홑꽃, 분홍색

3. 파랑새 : 대형, 홑꽃, 담청색 등

아사달

아사달이란 흰색 꽃잎에 붉은 무늬가 꽃잎의 상단 1/2 - 1/3 정도의 폭으로 나타나는 것이 보통이다. 가는 선이 꽃잎 가장자리를 타고 0.5~1cm 너비의 띠로 나타나기도 한다. 이 붉은색 무늬는 석가탑(무영탑 : 그림자가 없는 탑)에 얽힌 아사달과 아사녀의 이야기에 나오는 그 애절한 사랑의 표현이 아니가 싶다. 이 품종은 어린아이 볼에 나타난 불그스레한 모습에 비유하여 '동자 무궁화'로 부르기도 한다.

아사달계에는
1. 아사달 : 소형, 홑꽃, 얼룩무늬
2. 평화 : 겹꽃, 엷은 분홍색 등이 있다. 또한 최근에 개발된 심산은 우정과 한사랑을 교배하여 얻은 돌연변이로 재래종과는 달리 밤에도 꽃이 피고 개화시간도 3배나 길다.

외국의 우수 원예품종에는
1. 다이아나Diana : 대형, 홑꽃, 백색
2. 메이로빈슨May Robinson : 홑꽃, 주황색
3. 대덕사백大德寺白 : 대형, 홑꽃, 순백색
4. 나쓰소라Natsusora : 대형, 홑꽃, 엷은 자주색

5. 블루버드Blue Bird : 대형, 홑꽃, 엷은 청색

6. 옥토玉兎 : 대형, 홑꽃, 순백색

7. 우아조블 뢰Oiseau Bleu : 대형, 홑꽃, 엷은 청색

8. 몽트루플레누스Monstrous Plenus : 홑꽃, 백색

9. 모브퀸Mauve Queen : 홑꽃, 진분홍색

10. 우드브리지Wood Bridge : 홑꽃, 자주색

11. 스노우드립트Snow Drift : 대형, 홑꽃, 순백색

12. 페즌트아이Pheasant Eye : 홑꽃, 백색

13. 봉주아Bonjoia : 홑꽃, 적색

14. 캄파나Campanha : 홑꽃, 적색

15. 하마보Hamabo : 홑꽃, 백색과 분홍색의 얼룩

16. 그랜디플로루스 수프림Grandiflorus Supreme : 홑꽃, 순백색

17. 핑크 딜라이트Pink Delight : 반겹꽃, 백색과 분홍색의 이중색

18. 루빈Rubin : 홑꽃, 암홍색

19. 발렌타인Valentine : 반겹꽃, 분홍색

20. 블루문Blue Moon : 겹꽃, 청색

21. 자옥紫玉 : 겹꽃, 자주색

22. 애드미럴 듀이Admiral Dewey : 겹꽃, 순백색

23. 앰플리시무스Amplissimus : 겹꽃, 청색

24. 서드샤를브레통Sir de Charles Breton : 반겹꽃, 보라색

25. 뒤셰드브라방Duchesse de Brabant : 겹꽃, 적색

26. 아덴스Ardens : 겹꽃, 엷은 보라색

27. 폼폰루즈Pom Pon Rouge : 겹꽃, 다홍색

28. 래디스탠리Lady Stanley : 겹꽃, 연한 분홍색

29. 루시Lucy : 겹꽃, 진분홍색

30. 크라이더블루Kreider Blue : 겹꽃, 엷은 자주색 등이 있다.

이 밖에도 많은 품종이 있으며 때로는 동일품종이 나라에 따라서 서로 다른 품종명이 붙여져 있기도 하다. 꽃이 피는 시기에 따라 조생종·조중생종·중생종·중만생종·만생종이 있고 자라는 습성에 따라 직립고성·직립중성·직립왜성·수양고성·수양중성·수양왜성이 있다.

한국에서는 제2차 세계대전 후에 서울대학 농과대학의 화훼학 교실에서 류달영·염도의 교수팀이 많은 새 품종을 육성하여 처음으로 한국어로 품종명이 붙여지기 시작하였다. 또 동서양 여러 나라에서 우수 품종을 도입하기도 하였다.

무궁화의 형태적 특징

무궁화는 자라는 형태가 품종에 따라 다양한 모습을 보이지만 높이나 줄기의 모양, 잎의 모양, 꽃의 색깔, 꽃이 피는 시기 등에 따라 구분한다.

무궁화를 수형에 따라 분류해 보면

무궁화나무의 모양은 품종에 따라 차이가 있긴 하지만 일반

적으로 수형은 높이 3~4m 정도까지 자란다. 어릴 적에는 가지
가 직립하다가 수령이 높아질수록 옆가지가 발달하는 수종으로
주간(主幹)이 뚜렷하지 않고 가느다란 옆가지들이 발달하는 장
타원형의 수관을 형성하는 특징이 있다.

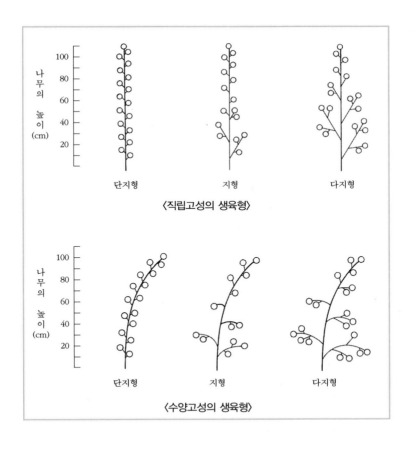

〈직립고성의 생육형〉

〈수양고성의 생육형〉

직립성直立性 : 가지가 직립하는 생육형태

수양성垂楊性 : 수양버들처럼 가지가 늘어지는 생육형태

고　성高性 : 당년 생장량이 100cm인 것

중　성中性 : 당년 생장량이 50~100cm인 것

왜　성矮性 : 당년 생장량이 50cm 이하인 것

단지형單枝刑 : 곁가지가 전혀 발생되지 않는 형

지　형枝型 : 1차 가지에서 2차 가지가 발생하는 형

다지형多枝型 : 2차 가지에서 다시 3차 가지가 발생하는 형

지형을 살펴봐도 생장과 관리 상태에 따라 많은 차이가 있음
을 알 수 있다.

잎의 모양에 따라 분류해 보면

　무궁화는 잎이 피는 시기가 보통 다른 식물보다 늦은 5월 초순(중부지방 기준)부터이다. 무궁화의 떡잎은 둥근 모양으로 생겼으며 1년생의 본 잎은 결각이 거의 나타나지 않는다. 그러나 생장하면서 잎의 특성이 점차 나타나기 시작하는데 똑같은 나무에서도 부위에 따라 많은 변이가 나타나는 게 특징이다. 따라서 잎의 특성을 조사할 때는 일정한 부위의 잎을 지정하는 등 표본 추출을 잘해야 한다.

무궁화 잎의 구조 및 명칭

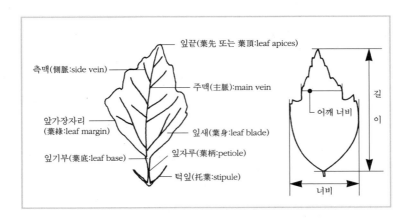

| 무궁화 잎의 분류 모형도 |

잎의 결각缺刻 정도는 잎의 너비를 어깨너비로 나눈 숫자를 기준으로 표시

1형: 1-1.5 2형: 1.-2 3형: 2.0-3.0 4형: 3.0 이상

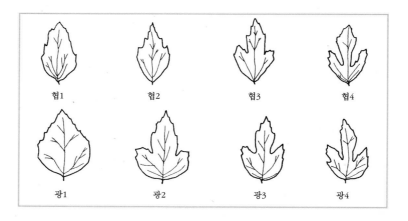

꽃의 구조

무궁화 꽃은 엽액(잎겨드랑이)에서 5개씩 피며 기본꽃 구조는 꽃자루, 부꽃받침, 꽃받침, 꽃잎, 수술통 및 수술, 암술대 및 암술머리와 씨방으로 구성되어 있는 양성兩性 완전화이다. 하지만 수술이나 암술이 꽃잎으로 퇴화하여 불완전화인 반겹꽃 또는 겹꽃이 되기도 한다.

우리나라가 나라꽃으로 상징하고 있는 무궁화는 기본꽃을 말

하며, 이것은 보통 5란 숫자를 기본으로 하고 있다. 다시 말해, 5개로 갈라진 꽃받침 위에 5매로 된 꽃잎을 가지고 있으며, 맨 위의 암술머리가 5개로 갈라져 있기 때문이다. 무궁화 꽃의 구조는 다음과 같다.

무궁화 꽃의 구조와 명칭

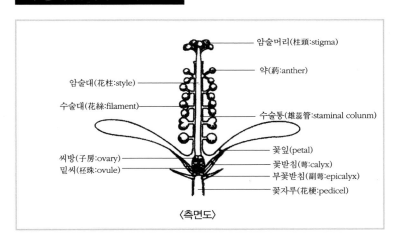

암술머리(柱頭:stigma)
약(葯:anther)
암술대(花柱:style)
수술대(花絲:filament)
수술통(雄蕊管:staminal colunm)
꽃잎(petal)
씨방(子房:ovary)
밑씨(胚珠:ovule)
꽃받침(萼:calyx)
부꽃받침(副萼:epicalyx)
꽃자루(花梗:pedicel)

〈측면도〉

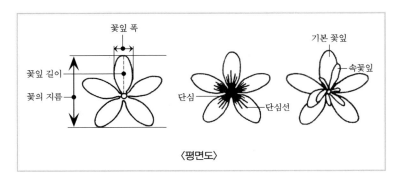

꽃잎 폭
꽃잎 길이
꽃의 지름
기본 꽃잎
속꽃잎
단심
단심선

〈평면도〉

rose of sharon · **rose of sharon** · rose of sharon

8

무궁화 꽃의 재배 관리

가장 가까이 있으면서도 소중함을 모르고 천대, 학대시 했던 무궁화를 이제부터라도 소중하게 여기고 가꾸어야 할 것이다. 무궁화가 우리 민족과 애환을 같이하며, 이 땅에서 겨레와 호흡을 같이하며 깊은 뿌리를 내려온 '나라꽃의 상징성'을 생각해야 할 시점인 것이다.

rose of sharon · **rose of sharon** · rose of sharon

무궁화 재배 방법

무궁화 번식

무궁화를 번식하는 방법에는 종자에 의한 번식, 꺾꽂이, 접목, 유전공학기법 등이 있다. 하지만 누구나 쉽게 이용할 수 있는 방법은 종자에 의한 방법이나 꺾꽂이 방식이다. 무궁화는 종자생산능력이 좋고 꺾꽂이나 접목도 잘 되므로 번식에는 큰 문제점이 없다.

종자에 의한 번식

무궁화는 품종이 다양한 만큼 목적에 부합하는 왜성, 고성, 직립성, 수양성 등을 고려해 튼튼하고 건실한 나무에서 채취하는 것이 좋다.

채취 시기는 10월 중순이나 하순경에 표면이 약간 노란색을 띄며 봉합선이 갈라지기 시작할 무렵에 하는 것이 좋다. 채취 방법은 열매를 꼬투리 채 채취하되 잎, 가지 등 불순물이 들어가지 않도록 한다. 꼬투리 당 충실종자는 20~40립 정도가 적당하다.

채취한 열매는 망사로 된 주머니에 넣어 햇볕이 잘 드는 곳에 말린다. 봉합선이 터져 저절로 종자가 탈종되기도 하지만 양이 많을 때는 막대기 등으로 두드려서 씨앗을 얻으면 된다.

종자는 망사로 된 주머니에 넣어 바람이 잘 통하는 음지에 두었다가 파종 1개월 전에 젖은 모래와 혼합하여 노천 매장하거나 섭씨 5도 내외의 냉장고에 넣었다가 파종하는 것이 좋다.

파종 전 2~3일 전에는 발아력을 촉진시키기 위해 맑은 물에 담가두는 게 좋다. 이때 주의할 것은 씨앗이 물에 뜨거나 물이 부패하지 않도록 자주 갈아주는 것이 좋다.

파종은 3월 초순부터 중순까지가 적기이다. 토양은 햇볕이 잘 들고 물 빠짐이 좋은 모래가 섞인 땅이 좋다. 씨앗에 흙을 덮어줄 때는 큰 흙덩이를 제거해 주고 흙을 발로 밟아주는 것이 좋다.

꺾꽂이에 의한 번식

꺾꽂이挿木는 품종의 유전형질을 가장 잘 이어받을 수 있는 장점이 있을 뿐 아니라 당년부터 꽃을 피울 수 있어 개화기간이 단축되고 종자생산이 되지 않는 겹꽃 품종이나 돌연변이체의 번식이 가능하다는 장점을 가지고 있다.

꺾꽂이에서 가장 중요한 것은 삽수를 채취할 모수를 정하는 것이다. 모수를 잘 선택했느냐 잘못 선택했느냐에 따라 사업의 성패가 결정 난다고 해도 과언이 아니다.

꺾꽂이 방법은 휴면지 방법, 녹지 방법, 밀폐 방법 등이 있다.

접목에 의한 번식

접목은 어떤 개체의 가지나 일부나 눈芽을 떼어서 다른 개체의 형성층에 밀착시켜 새로운 식물체를 만들어 내는 것을 말하는 것으로 이것은 상호간에 친화력이 있어야만 가능하다. 이 방법은 꺾꽂이에 비해 대목臺木이 필요할 뿐 아니라 접목하는 기술이 필요하기 때문에 불편한 점도 있지만 다음과 같이 특수한 목적을 달성하기 위해서 하고 있다.

- 대목臺木과 접수의 특정한 형질을 이용하고자 할 때
- 소량의 귀중한 품종을 번식하고자 할 때
- 개화 결실기를 빠르게 하고자 할 때
- 꺾꽂이 번식이 잘 되지 않는 품종을 번식시킬 때
- 한 나무에 여러 가지 형태의 나무를 보존하고자 할 때 즉, 다양한 색깔의 꽃 또는 열매를 얻고자 할 때
- 노령화로 소기의 목적을 거두지 못할 때 즉 유령화幼齡化를 시키고자 할 때

심고 가꾸기

어떤 나무도 마찬가지겠지만 나무는 잘 심고 가꾸어야 한다. 무궁화는 우리의 국화지만, 관리되는 것을 보면 안타까움을 넘어 한심한 생각이 들 정도이다. 오히려 외국에서 개발·육성된 무궁화가 정원수나 가로수로 대접을 받고 있는 실정이다. 이제부터라도 무궁화를 아름다운 나라꽃으로 승화시키려면 울타리꽃 정도로 천대시하는 생각을 바꿔야 할 것이다.

묘목 굴취

무궁화는 잎이 다 떨어진 11월 중순부터 하순경에 굴취하여 바람이 없고 양지 바른 곳에 임시심기를 하는 것이 좋다. 무궁화는 생명력이 강하기는 하지만, 뿌리가 너무 건조해지거나 임시심기 기간이 너무 길어지면 회복되는데 많은 시간이 걸리고 가지가 고사되어 예쁜 모양으로 가꾸는데 어려움을 겪게 된다. 추위가 심한 중부 이북 지방에서는 봄에 옮겨심기를 하는 것이 바람직하다.

무궁화 심기 좋은 땅

무궁화가 다른 나무보다 생명력이 강한 것은 사실이지만 아름다운 꽃을 보기 위해서는 신경을 써서 심어주어야 한다. 좋은 땅의 조건으로는 약간 습하되 물 빠짐이 좋아야 하고, 햇볕이 잘 들고 바람이 잘 들어야 하고, 토양은 중성 또는 약알칼리성인 비옥한 사질토양이 좋다.

나무를 심을 때는 정원수나 국기게양대 옆 등에 단목으로 심는 방법과 가로수나 정원 주변 등에 심는 열식 방법, 꽃동산 조성이나 많은 무궁화를 필요로 하는 집단식 방법 등이 있다.

심는 시기와 방법

– 봄에 심기

남부 지방에서는 2월 하순부터 3월 중순까지, 중부 지방에서는 3월 중순부터 4월 중순까지가 적기라 할 수 있다.

– 가을에 심기

낙엽이 진 후 묘목을 캐어 바로 심는 방법으로는 11월 초순에서 중순경이 적기이다. 하지만 날씨가 추운 중부 이북 지방에서는 이 방법을 피하는 것이 좋다.

– 구덩이 파기와 심는 요령

구덩이는 보통 40×50cm 정도가 적당하다. 울타리 등을 만들 목적으로 밀식할 때는 30cm 너비로 연속해서 파는 것이 좋다. 돌덩어리나 낙엽, 나무뿌리 등 이물질이 없도록 주의한다. 묘목은 곧게 세우고 뿌리가 팔방으로 충분히 펴지게 한 다음 나무를 심은 곳의 흙이 지면보다 약간 높게 올라와 물이 고이지 않도록 주의한다.

정원 및 산책로 등에 열식으로 심을 때는 3~5m 간격으로 하고, 소규모 집단으로 심을 때는 나무 거리를 1.5m 이상으로 하여 햇빛을 충분히 받을 수 있도록 배려해야 한다. 그러나 울타리를 만들 목적으로 심을 때는 30~50cm 간격으로 심어도 무방하다.

– 물주기, 가지치기, 거름주기

식재한 곳이 건조할 때는 충분히 물을 주고 흙이나 낙엽 등으로 덮어 수분 증발을 막아준다. 식재 후 가지치기는 필수이다. 좋은 모양의 형태를 보기 위해서는 해마다 가지치기를 해주는

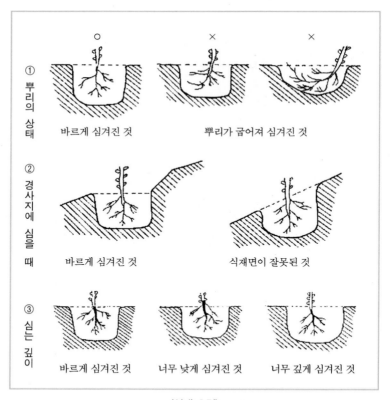

〈식재 요령〉

것이 좋다. 수령이 높아질수록 가지치기를 잘 해 원하는 모양의 형태를 잡아주어야 한다.

거름을 주는 시기는 해빙 직후인 3월부터 4월 사이에 주는 것이 좋다. 나무의 상태에 따라 때맞춰 줄 수도 있지만 7월 이후에 주게 되면 늦생장으로 인해 겨울에 동해를 입을 우려가 있기 때문에 가능한 피하는 것이 좋다.

병충해 및 관리법

무궁화는 비교적 병충해에 강한.것으로 알려진 것처럼 웬만한 병충해에는 견디어 내지만, 그래도 병충해 관리에 소홀해서는 안 된다. 가장 흔한 것으로는 진딧물을 들 수 있는데, 진딧물은 나무를 보기 흉하게도 하지만 그을림병을 유발시키기도 한다. 하지만 진딧물은 치명적인 해충이 아닐뿐더러 방제도 간단하다.

무궁화는 입고병, 잎무늬병, 녹병, 무궁화밤나방, 박쥐나방, 응애류, 황화현상, 공해 등으로 시달림을 받기는 하지만 적절한 시기에 관리만 해주면 큰 문제가 될 것이 없다.

무궁화의 식용과 약용 가치

무궁화의 학명이 Althea rosea로 불린 적이 있었다. Althea는 그리스어로 '치료하다'라는 뜻으로, 이는 무궁화가 장미와 같이 아름다운 꽃처럼 약용으로서의 효능이 있었기 때문일 것이다.

일찍이 동양의학에서는 무궁화를 현대의학에서 높이 평가되고 있는 허브Herb로써 치료약을 삼아왔는데 뿌리, 줄기, 잎, 열매, 꽃 등 모두를 사용했다. 또한 무궁화는 약재 이전에 식용으로 사용되어 왔음을 여러 문헌에서 확인할 수 있다.

무궁화의 식용 가치

무궁화의 새순이나 꽃을 식용으로 이용했음은 구전으로도 전해지지만 각종 문헌에서도 확인할 수 있다. 조선 영조 때 이익(1681~1763)이나, 철종 때 정운용(1792~1865)은 '…아침에 피었다가 저녁에 떨어지는데 먹을 수 있다'라고 하였다.

또한 1990년 3월에 발간된 월간지 『민의학』에서는 '무궁화 잎은 나물로 먹을 수 있는데, 1960년대까지만 해도 춘궁기 때면 무궁화 잎을 따서 나물이나 국으로 조리해 먹었던 것으로 알려져 있다'라고 전해지고 있다.

1989년 유태종 박사는 무궁화 차의 효능을 '두통을 낫게 하고 열을 내리게 하는 등 스트레스에 찌든 현대인들의 건강차로 좋을 뿐 아니라 이질, 하혈, 이뇨작용, 대장염, 설사에는 물론 중풍에도 효과가 있다'고 하였다. 무궁화 차 만드는 방법은 맑은 날 꽃을 채취하되 꽃이 활짝 피기 전(꽃봉오리면 더 좋음)에 채취하여 꽃술(수술 통)을 따버리고 그늘에 잘 말려 보관하였다가 15~20g을 500cc의 물에 넣어 은근히 달여 하루에 3회 나누어 마시던가 또는 꽃을 약간 볶아 곱게 가루를 내어 끓인 물 1잔에 1스푼씩 타서 마신다. 무궁화는 유효산으로 사과산, 주석산, 구연산, 등의 함유로 상쾌한 신맛이 있어, 무궁화 차의 개성이 되고 있다. 이때 설탕이나 꿀을 조금 넣어 마시면 좋다. 무궁화 중

1989년 유태종 박사는 무궁화 차의 효능을 '두통을 낫게 하고 열을 내리게 하는 등 스트레스에 찌든 현대인들의 건강차로 좋을 뿐 아니라 이질, 하혈, 이뇨작용, 대장염, 설사에는 물론 중풍에도 효과가 있다'고 하였다.

무궁화 차 만드는 방법은 맑은 날 꽃을 채취하되 꽃이 활짝 피기 전 (꽃봉오리면 더 좋음)에 채취하여 꽃술(수술 통)을 따버리고

그늘에 잘 말려 보관하였다가 15-20 그램을 500cc의 물에 넣어 은근히 달여 하루에 3회 나누어 마시던가

또는 꽃을 약간 볶아 곱게 가루를 내어 끓인 물 1잔에 1스푼씩 타서 마신다.

무궁화는 유효산으로 사과산, 주석산, 구연산, 등의 함유로 상쾌한 신맛이 있어 무궁화 차의 개성이 되고 있다. 이때 설탕이나 꿀을 조금 넣어 마시면 좋다.

무궁화 중에서도 흰 꽃 무궁화 향이 가장 좋다.

에서도 흰 꽃 무궁화 향이 가장 좋다.

중국 문헌에 남아 있는 기록을 보면 '무궁화는 작은 아욱과 같은데 옅은 홍색이며 다섯 장의 꽃잎이 한 꽃을 이루고 아침에 피어 저녁에 시든다. …중략… 어린잎은 나물로 해먹을 수 있으며, 차茶 대용으로 다려 마실 수 있다', '군자국에는 무궁화 꽃이 많은데 백성들이 그걸 먹는다'라고 하였고, 일본에서는 '궁중요리 일종으로 무궁화의 꽃망울을 쪄서 향신료와 간장으로 맛을 내어 먹는데…'라고 기술되어 있고, 또한 무궁화 술과 무궁화 과자 만드는 방법도 상세히 소개되어 있다.

무궁화의 약용 가치

우리나라와 중국은 같은 문화권에서 한의학을 전통적으로 발전시켜온 결과 초목에 관련된 기록들이 많이 전해지고 있다.

조선 중엽 의성醫聖으로 일컬어지던 허준許浚(?~1615)은 『동의보감』東醫寶鑑에 무궁화의 약효에 대해 서술하고 있다. 동방의학의 백과사전격인 이 책은 내과에 관련되는 『내경편』內經篇 4권, 외과에 관한 『외경편』外經篇 4권, 유행병·급성병·부인과·소아과 등을 합한 『잡병편』 11권, 약제학·약물학에 관한 『탕액편』湯液篇 3권, 『침구편』鍼灸篇 1권, 『목차편』 2권 등 총 25권으로 구성되어 있는데, 『탕액편』 '목근조木槿條'에 다음과 같이 기록되어 있다.

'무궁화의 약성은 순하고 독이 없으며, 장풍腸風(대변을 볼 때 피가 나오는 병인데 결핵성 치질이 그 원인임)과 사혈瀉血(피를 쏟는 병)을 멎게 하고, 설사한 후 갈증이 심할 때 달여 마시면 효과가 있는데 졸음이 온다. 꽃은 약성이 냉하고 독이 없으며, 적이질과 백이질을 고치는데 장풍, 사풍, 사혈에는 볶아서 먹거나 또는 차처럼 달여서 아무 때나 마시면 낫는다'라고 기록하고 있다.

중국 명나라 때 본초학자本草學者인 이시진(1518~1593)이 지은 『본초강목本草綱木』 목부의 '목근조'에는 다음과 같이 기록되어 있다.

'…어린잎은 나물로 먹을 수 있으며, 차 대용으로 다려 마실 수 있다. 껍질은 종기를 낫게 하고 옴 치료에도 효과가 크다. 껍질과 뿌리는 달고 순하며 부드럽고 독이 없다. 장풍, 사혈, 설사후의 고열과 갈증을 낫게 하는데, 달여 마신 후에는 잠이 온다. 꽃은 기氣와 맛이 껍질과 같은데, 볶아서 약에 넣어 쓰고 달여서 차 대용으로도 쓴다. 종기를 삭게 하며 이뇨작용을 하고 해열재로도 쓴다. 적대하증과 백대하증 치료에는 무궁화 껍질 2냥쭝을 썰어서 백주白酒에 담았다가 한 주발을 반쯤 되게 다려서 공복에 복용한다. 백대하증에는 홍주紅酒를 사용하는 것이 특효가 있다. 머리의 돈버짐에는 무궁화 껍질을 가루로 만들어 식초에 개었다가 중탕重湯하면 아교처럼 된다. 이것을 고루 바르면 된다. 치질통증에는 무궁화 뿌리를 달인 물로 찜질한 후에 씻는다. 감기로 생긴 담을 삭일 때는 붉은 무궁화를 따서 꼭지를 잘라버리고 그늘에 말리어 가루를 만든다. 밀가루 떡 두 개를 만들어 가루를 묻혀 먹으면 된다. 토할 때는 겹꽃의 흰 무궁화를 그늘에 말려 가루로 만든 다음 찹쌀로 쑨 미음에 타서 세 숟갈 내지 다섯 숟갈 가량 먹으면 잘 낫는다. 두 번 이상 먹지 않아도 낫는다.'

  이상에서도 보았듯이 무궁화는 꽃을 비롯해 껍질과 뿌리 등이 오래 전부터 약재로 쓰여 왔다. 무궁화 차는 요즘 거세게 불고 있는 웰빙과 더불어 전 세계적으로 불고 있는 약초차Herb tea 중에서 역사가 오래 된 것으로, 유럽의 여러 나라에서는 백여 년 전부터 일반화된 상품으로 판매되고 있다.
  가장 가까이 있으면서도 소중함을 모르고 천대, 학대시 했던 무궁화를 이제부터라도 소중하게 여기고 가꾸어야 할 것이다. 무궁화가 우리 민족과 애환을 같이하며, 이 땅에서 겨레와 호흡을 같이하며 깊은 뿌리를 내려온 '나라꽃의 상징성'을 생각해야 할 시점인 것이다.

세계 여러 나라의 나라꽃

- 각국의 나라꽃國花

나라이름	나 라 꽃	나라이름	나 라 꽃
가나	훼닛스의 일종	말레이지아	하와이 무궁화
가봉	캄파눌라타	멕시코	다알리아
과테말라	리카스테난蘭	모나코	카네이션
그리스	향제비꽃, 올리브	모로코	굴피나무
남아공화국	프로테나	버마	사라쌍수
네덜란드	튜립	베네주엘라	타베비아
네팔	석남화의 일종	벨지움	튤립
노르웨이	독일가문비	북한	함박꽃나무(목란)
뉴질랜드	회화나무	볼리비아	꽃고비/칸투아
	목생木生 고사리류	불가리아	장미
덴마크	붉은 클로버	브라질	카틀레아
도미니카	마호가니	사우디아라비아	장미
독일	센토레아	스리랑카	연꽃
라오스	인도영춘화	스웨덴	은방울 꽃
레바논	레바논 삼나무	스위스	에델바이스
루마니아	장미의 일종		알핀로즈
룩셈부르그	장미	스페인	감귤의 일종, 석류
리베리아	후추	시리아	살구나무 종류,
리비아	석류		아네모네
마다가스칼	부채잎 파초	싱가폴	오치드

아르헨티나	아메리카디코 (세이보), 파톨라카	인도	양귀비
		인도네시아	재스민의 일종
아프가니스탄	밀	일본	벚꽃
알바니아	떡갈나무 일종		국화
엘살바돌	유카	중국	매화
예멘	커피나무	칠레	라파게리아, 코삐우에
〈영국〉			
잉글랜드	장미		수련의 일종
스코트랜드	엉겅퀴의 일종	카메룬	
아일랜드	화이트 클로버	캐나다	사탕단풍
웨일즈	수선화의 일종	코스타리카	카틀레아
		콜롬비아	카틀레야
오스트레일리아	꽃 아카시아(와틀)	쿠바	헤디키움 (생강의 일종)
	유카리나무		
	프로테아	터키	야생튤립
오스트리아	에델바이스	파키스탄	수선화의 일종
우루과이	에리스리나	페루	해바라기
유고슬라비아	서양자두나무	포루투갈	라벤더
이디오피아	꽃토란	폴란드	제비꽃
이란	야생튤립의 일종	프랑스	붓꽃의 일종
이라크	붉은 장미	핀란드	은방울 꽃
이스라엘	올리브	필리핀	재스민의 일종
이집트	수련의 일종	한국	무궁화
이탈리아	데이지	헝가리	튜립

- 미국의 각 주의 꽃州花

주 이름	주 꽃	주 이름	주 꽃
네바다	양쑥꽃	알라바마	동백꽃
네브라스카	미국 미역취	애리조나	기둥선인장
노스캐롤라이나	산딸나무	앨래스카	물망초
노스타코타	찔레	앨칸서스	꽃사과
뉴멕시코	유카	오래곤	뿔남천
뉴욕	장미	오클라호마	겨우살이
뉴저지	제비꽃	오하이오	카네이션
뉴햄프셔	수수꽃다리	워싱턴	만병초
델라웨어	꽃복숭아	웨스트버지니아	만병초
로드아일랜드	제비꽃	위스콘신	제비꽃
루이지애나	목련	유타	시고백합
메릴랜드	루드베키아	와이오밍	인디언부러쉬
메사츄세츠	알당자	인디애나	작약
메인	백송	일리노이	제비꽃
몬태나	비터루트	조지아	치로키 장미
미네소타	개불알꽃	캔사스	해바라기
미시간	꽃사과	캔터키	미국 미역취
미시시피	목련	캘리포니아	캘리포니아 양귀비
미주리	양산사나무	코네티컷	아메리카 만병초
버몬트	붉은클로버	콜로라도	매발톱꽃
버지니아	산딸나무	테네시	붓꽃
사우스다코타	미국할미꽃	텍사스	루피너스
사우스 캐롤라이나	쟈스민	펜실베니아	아메리카 만병초
아이다호	고광나무	하와이	화와이 무궁화
아이오와	찔레꽃	홀로리다	귤꽃